.

BIRGIT HESSE
Bärensleben

Autorin

Birgit Hesse, geboren in Osnabrück, arbeitete als Textildesignerin
und Coloristin für Textil- und Modefirmen. 1996 schrieb sie ihren
Abenteuerroman „Bärensleben", der 2017 in einer Neuausgabe
erschienen ist. Heute lebt sie mit ihrer Familie in Berlin.

BIRGIT HESSE

Bärensleben

ROMAN

Bibliografische Information der Deutschen Nationalbibliothek:
Die Deutsche Nationalbibliothek verzeichnet diese Publikation
in der Deutschen Nationalbibliografie; detaillierte bibliografische
Daten sind im Internet über dnb.dnb.de abrufbar.

Neuausgabe
© 2017 Birgit Hesse, Berlin
Herstellung und Verlag:
BoD – Books on Demand, Norderstedt

Umschlaggestaltung: statement Designstudio, Berlin
Umschlagfoto: © iStockphoto.com/JudiLen
© iStockphoto.com/51Systems
Satz: statement Designstudio, Berlin
Gesetzt aus der Dolly PostScript und Phenomena

Originalausgabe
© 1996 Buchhaus Verlag, München

ISBN: 9783744815550

Für meinen Sohn Alexander Leonidas
und alle Bärenfreunde

Samstag, 6 Uhr morgens

Warum wurde es Forest, soeben viel zu früh aus den Tiefen des Schlafes geholt, mit einem Mal klar, dass er jetzt schleunigst aus den Federn kommen sollte?

Warum liefen immer dieselben Gedankenvorgänge vor seinen Augen ab?

Aufstehen! Anziehen! Antreten!

Warum gestand er sich nicht einmal hier, mitten in der Wildnis Kanadas zu, liegen zu bleiben und vor sich hin zu träumen?

Fragen über Fragen in einer Umgebung, in der die Antworten völlig egal waren. Hier drängte ihn nichts, so wie in der Army, als das unvermeidliche Gebrüll eines Offiziers die Nähe seines Ohres gestreift und ihm jene Motorik eingeimpft hatte, die nun vollkommen sinnlos geworden war. Sogar nach einigen Wochen hier in der Wildnis, ließ ihn seine Gewohnheit nicht länger ruhen.

Und er wusste, er würde sie nur schwer ablegen können.

Aber heute, heute wollte er liegen bleiben. Schließlich bot sich ihm draußen vor der Hütte ein noch immer winterliches Bild. Forest überzeugte sich rasch mit einem Blick aus dem kleinen Fenster, der ihn lediglich die Landschaft im ersten Morgengrauen erahnen ließ.

Forest wusste es selber nicht, was ihn mit seinen fünfundzwanzig Jahren in diese gottverlassene Gegend getrieben hatte und was er hier eigentlich suchen oder finden wollte, aber irgendwann würde er es schon herausfinden. Und wenn der Aufenthalt nur dazu diente, die alten Gewohnheiten schnellstens abzulegen; das hektische Aufspringen aus dem Bett zum Beispiel, das korrekte Zusammenfalten einer Zahnpastatube oder das Einsortieren der Lebensmittel in die Schränke, was einer Parkplatzordnung gleich kam.

Forest kroch an diesem Morgen nach einer weiteren Stunde ziemlich umständlich aus seinem Schlafsack heraus, der auf einer dick gepolsterten Liege lag. Schnell ertasteten seine Füße die Schuhe, gleichzeitig zog er die dicke Weste über und zündete den kleinen Holzofen an. Weiter schlurfte er zum Fenster. Forest kniete sich auf eine einfache Holzbank und schaute, ob der einsetzende Frühling schon bis in diese Höhen vorgedrungen war. Die heutige, überwiegend weiße Aussicht konnte ihm lediglich ein müdes Lächeln entlocken. Vorbei an zwei ungeschickt zusammengeschusterten Holzsesseln mit dicken Kissen, warf er einen Blick auf das Feuer und ging durch den spartanisch eingerichteten Raum zurück zu seiner improvisierten Waschecke, von einem kleinen Wandspiegel magisch angezogen. Forest strich sich verblüfft über seinen Bart, als würde er ihn erst seit heute tragen. Tatsächlich hatte er sich vor ein paar Tagen dazu durchgerungen und fand, dass diese Veränderung als Gegengewicht zu seinem noch kurzen hellen Haar ihn ein wenig verwegener aussehen ließ und gut zu seiner neuen Lebensweise passen würde. Forest wollte in nächster Zeit, wenn überhaupt, mit dem Rasiermesser langsamer in seinem Gesicht herumkurven, was er bei der Army mit Vorliebe nach der Stoppuhr erledigt hatte. Das Resultat waren meistens unzählige Kratzer, ein dämlicher Gesichtsausdruck und der anschließende Ärger darüber gewesen. Heute reichte ein Schwall eiskalten Wassers aus, den er sich aus einer Schüssel ins Gesicht schüttete, um ihn gehörig wachzurütteln. Eilig griff er zum Handtuch und zog sich ein paar warme, bequeme Sachen an.

Je mehr der Raum vom hereindrängenden Licht erhellt wurde, umso interessierter ging Forest zu einem der Fenster und schaute auf den kleinen See direkt vor der Hütte, der in der Morgendämmerung auf ganz sonderbare Weise glitzerte. Forest mochte diese Stimmung und er betrachtete den See in aller Ruhe, nur sein knurrender Magen erinnerte ihn ständig und ziemlich deutlich an ein geplantes Frühstück, was Forest wiederum ärgerte, da ER es ja nicht eilig hatte. Der Gedanke an einen heißen Kaffee ließ ihn jedoch nicht länger untätig und er verschwand wenig später in seiner improvisierten Küche. Genauer gesagt, war es die kleine Ecke neben dem Eingang, abgeteilt durch einen dicken Balken, mit einem einfachen Holztisch, zwei Stühlen, einer an der Wand befestigten Holzplatte und am wichtigsten – einem Schrank mit dem Proviant. Ein kleines Fenster gab ihm Sicht auf den dichten umliegenden Wald. Forest öffnete es einen Spalt weit und spürte sogleich die frische Morgenluft in seinem Gesicht, die ihm wesentlich angenehmer erschien, als das eiskalte Wasser. Er zündete den Gaskocher an, setzte den Wasserkessel auf und holte aus dem Schrank etwas zum Essen hervor. Teller und Tasse kamen auf den Tisch und schon bald goss er das sprudelnde Wasser auf das Kaffeepulver in seine Tasse. Dieser Duft schaffte es immer wieder, auch seine letzten grimmigen Gesichtszüge zu glätten. Forest holte ein paar Kleinigkeiten aus dem Regal, legte, ohne groß zu schauen, eine neue Kassette ins Radio ein und warf dabei einen flüchtigen Blick aus dem Fenster. Überraschenderweise verharrte er einige Sekunden in seiner bereits vorgenommenen Drehung, bevor er irritiert zum Tisch zurückging; das heißt,

er ging einen … nein … keinen Schritt mehr …,

blieb wie angewurzelt stehen und legte die auf einmal unwichtig gewordenen Kleinigkeiten wie in Zeitlupe auf den Tisch. Nebenbei stellte er, ohne genau hinzuschauen, das furchtbare Gedudel aus dem Radio ab, wobei ihm nicht entging, wie kleine nasse Perlchen zunehmend seine Stirn überzogen. Nicht einmal die Rasur, die ihm immer zu schaffen machte, hätte ihn so aus der Fassung bringen können.

Er wollte über den Auslöser eigentlich nicht weiter nachdenken; sein Gehirn tat es aber. Es rotierte fürchterlich. Forest traute sich nicht, sich umzudrehen und ging in Gedanken das sonst alltägliche Bild vor seinem Fenster durch:

das kleine Holzboot,

die Ecke des kleinen Sees,

viele Tannen.

Wie eine Strichliste wurde alles abgehakt, aber er konnte sich nicht erklären, was da so großes, dunkelbraunes, dieses Bild gestört hatte. Die Anzahl, der auf seiner Stirn befindlichen Schweißperlen wurde verdoppelt, nein, gleich verdreifacht und Forest blieb nur eines übrig, um Gewissheit zu bekommen: er musste sich umdrehen.

Forest tat es, blitzschnell, mit aufgerissenen Augen.

Er starrte, schnappte nach Luft und drehte sich noch schneller wieder zurück, ohne jedoch richtig geschaut zu haben. Die Zuckungen, die dabei durch seinen Körper fuhren, schien er großzügig zu übersehen.

Lange hielt er diesen Zustand der Ungewissheit nicht mehr aus. Vorsichtig drehte sich Forest nochmals um.

Einen Moment lang hatte er fast geglaubt, er hätte sich alles nur eingebildet. Nichts Ungewöhnliches war zu sehen.

Doch plötzlich dieses fürchterliche Gebrüll,
erschreckend nah,
irgendwo neben seinem Fenster.
Ihm zog es durch Mark und Bein.

Nie zuvor hatte Forest das Ende der Küche in nur einem Satz erreicht. Er knallte auf den Tisch, fiel mit ihm um, samt dem Frühstück.

Brüllen.
Scherben.
Plötzlich ein offenes Maul vor dem Küchenfenster.
Forest klebte an der Wand. Er glich einer Salzsäule.

Auch die Bärin schien dies zu bemerken. Sie presste ihre Schnute an das angelehnte Fenster, durch das der Duft des verschütteten Kaffees jetzt noch intensiver in ihre Nase zog. Dieser schien sie irgendwie zu besänftigen. Sie schleckte sich einmal über das Maul, bevor sie schnellstens zu ihren kleinen Bärenjungen zurücklief, die ein paar Meter weiter hinter einem dichten Gebüsch völlig verschüchtert saßen und ängstlich piepsten. Nie hätte die Bärenmutter zugelassen, die Kleinen in irgendeine gefährliche Situation zu bringen. Nur der Duft des Kaffees hatte sie ein wenig leichtsinnig gemacht und so nah an die Hütte gelockt, um einen näheren Blick riskieren zu können. Nun sah sie zu, die Kleinen schnellstens zu ihrer Höhle zurückzubringen und sie erst einmal zu beruhigen.

Irgendwie musste es Forest doch geschafft haben, sich an diesem Morgen von der Wand „abzukleben". Fassungslos, was sich eine Minute lang vor seinem Fenster abgespielt hatte, hob er den Stuhl auf und setzte sich zitternd darauf. Der Schrecken saß so tief in ihm, dass er sich nach einiger Zeit immer noch weigerte, einen klaren Gedanken zu fassen. Ständig lief dieselbe Szene vor seinen Augen ab, nur der Blick auf eine Whiskyflasche ließ ihn innehalten. Schnell stand er auf, wobei er ein wenig in den Knien zusammensackte, griff krampfhaft zur Flasche, versuchte sie noch krampfhafter zu öffnen, was bei der richtigen Drehung auch gelang und nahm einen großen Schluck. Sein Hemd bekam das meiste ab, was er in seiner jetzigen Verfassung kaum noch wahrnahm.

Das Nachsehen, ob sich der Bär tatsächlich zurückgezogen hatte, verschob Forest eine Weile.

»Nur nichts überstürzen«, beruhigte er sich und stellte erst einmal den gekippten Tisch wieder auf.

Kopfschüttelnd schaute er auf das angerichtete

Chaos und sammelte nach und nach die Scherben auf, wobei die Angst vor einem erneuten Bärenbesuch ihn ständig aufschrecken ließ.

Nach einiger Zeit der Ungewissheit holte Forest überraschend mutig sein Gewehr und schlich zur Tür. Draußen war alles ruhig, nichts bewegte sich lebhafter als sonst. Sein Blick fiel gleich auf die Spuren in der dünnen Schneedecke, die von einem ausgewachsenen Tier stammen mussten. Er schaute nur flüchtig hin, malte sich jedoch in seiner Fantasie ein noch mächtigeres Bild von dem Bären aus. Auf der anderen Seite des Hauses konnte er keine weiteren Spuren feststellen. Es hatte den Anschein, dass der Bär direkt aus dem Wald gekommen und dort wieder verschwunden war. Kurz schaute er hinter ein dichtes Gebüsch, entdeckte dabei eine Vielzahl kleinerer Tapser im Schnee, die er ebenfalls großzügig übersah und schnellstens wieder in der Hütte verschwand. Sein Herz klopfte. Unruhig rannte Forest umher, setzte sich kurz in den Sessel, sprang wieder auf, versuchte die Gedankenflut in seinem Kopf zu ordnen, vergebens, und lief abwechselnd zu jedem kleinen Fenster, die ganze Zeit mit dem Gewehr in der Hand. Nur zögernd legte er es beiseite, so, dass es ständig griffbereit war.

»Herrje … das darf doch nicht wahr sein«, murmelte er wiederholt völlig aufgelöst vor sich hin und lauschte gebannt auf jedes weitere Geräusch.

***

Außer einer Schnute, die sich in Abständen immer wieder im Eingang der Bärenhöhle zeigte und wieder zurückzog, blieb alles ruhig. Dennoch konnte es jetzt nicht mehr lange dauern, bis die aufkommende Unruhe und der beginnende Frühling die Bärenfamilie ganz aus ihrer Höhle trieb. Genauer gesagt, waren sie zu dritt und die zwei neugeborenen Frühlingsbärchen nutzten jede Gelegenheit, um ihre Schlafenszeit im Warmen möglichst lange auszudehnen. Noch unbeholfen, aber furchtbar neugierig, waren sie schon mehrmals kurz hinausgetappt, jedoch wegen des kalten Schnees schleunigst wieder umgekehrt. Die Bärin hatte schon einige Male vorher den Kopf aus der Höhle gesteckt und sich ins Freie vorgetastet. Zu größeren Anstrengungen war es dabei nicht gekommen. Mehr gereckt und gestreckt hatte sie sich und ab und zu im Schnee herumgewälzt, bevor sie wieder zu den Kleinen zurückgekrochen war. Der heutige Erkundungsgang mit ihrem Nachwuchs war schon etwas weiter ausgefallen und um einiges aufregender gewesen, was die Bärin natürlich nicht beabsichtigt hatte. Die bewohnte Hütte hatte sie neugierig gemacht, da zum Winteranfang, als sie sich in ihre Höhle zurückgezogen hatte, hier kein Mensch aufgetaucht war. Nun lagen alle drei Bären am gewohnten Ort beisammen, noch völlig irritiert von der Aufregung und drückten sich dicht aneinander.

***

Viel war nicht passiert in den vergangenen Wochen und so etwas schon gar nicht. Forest wäre wohl kaum in diese abgelegene Hütte gezogen, wenn ihm jemand eine Geschichte, wie die früh morgens erlebte, erzählt hätte. Allerdings hatte auch niemand Gelegenheit dazu gehabt. Nicht einmal der Vorbewohner dieser Hütte, den er nie angetroffen hatte. Forest selbst war es ja, der hier ohne große Überlegung für ein paar Wochen einfach einziehen wollte. Grobe Fahrlässigkeit, stellte er im Nachhinein mit einem gequälten Gesichtsausdruck fest.

Ganz geheuer war ihm die momentane Situation immer noch nicht. Mit einem Seufzer setzte er sich an den Küchentisch, brach ein Stück Brot ab und versuchte einen Bissen zu essen. Dabei irritierte ihn ein frischer Luftzug, der durch das angelehnte Fenster drang. Forest stürzte auf, drückte es mit einem kräftigen Ruck zu und sank wieder kraftlos auf seinen Stuhl. Zugegeben, er war noch total durcheinander, aber fast ein wenig stolz, so etwas Aufregendes erlebt zu haben. Außerdem wäre dies eine brillante Geschichte für seine Freunde, besonders für Tom. Dazu müßte sie allerdings etwas ausgeschmückt werden, wozu Forest jetzt genügend Zeit hatte; vorausgesetzt, es blieb weiterhin ruhig.

Apropos Tom ...

Wie ein Blitz zischte es Forest durch seinen Kopf.

Er reckte sich und starrte auf den Kalender.

SAMSTAG.

KNALLORANGE.

HEUTE!

Forest sackte gleich wieder auf seinem Stuhl zusammen. Für ein paar Sekunden schloss er die Augen, riss sie wieder auf und schaute erneut auf das Datum.

TATSACHE!

AUSGERECHNET HEUTE war eben dieser KNALLORANGE SAMSTAG.

Heute war der Tag, an dem sein bester Freund Tom ihn wieder besuchen wollte. Forest schlug sich mehrmals an die Stirn, um sich vielleicht genauer an die Abmachung zu erinnern. Leider negativ. Unzufrieden, auf einem Stück Brot kauend, starrte er auf seine Uhr.

10 Uhr.

Sobald würde Tom nicht hier sein, dachte Forest und hoffte, dass kein Bär dessen Weg kreuzen würde.

Tom war Forests bester Freund seit seiner Schulzeit. Jetzt bewohnte er im Zentrum von Dawson Creek ein kleines Appartement, mit Blick auf einige gut besuchte

Lokale. Darunter befand sich auch Toms Stammkneipe, in der er samstags gelegentlich jobbte. Unter der Woche arbeitete er in einer Holzfabrik, in der man ihn, ohne groß zu fragen, wohl wegen seiner kräftigen Statur sofort eingestellt hatte. Bei dem Wochenendjob war es ähnlich gewesen. Aber schon bald hatte Tom bemerkt, dass seine Kraft auch hier von Vorteil war, wenn sich ihm einige Fäuste zwecks Geldmangels in den Weg stellen wollten. Dafür bekam er bei Schadensbegrenzung soviel Getränke vom Wirt spendiert, dass er nur hoffte, nicht selbst dadurch Schaden anzurichten.

Da Tom bei seinen bisherigen Besuchen am Nachmittag angekommen war, beseitigte Forest in Ruhe die letzten Spuren des demolierten Frühstücks. Tom sollte schließlich nicht mitbekommen, was sich an diesem Morgen hier ereignet hatte, jedenfalls nicht gleich und nicht in dieser Form. Irgendwann, wenn sich ein guter Zeitpunkt ergäbe, würde Forest ihm SEINE Version dieses Erlebnisses erzählen. Ein bisschen spannender und souveräner vielleicht, was ihn beträfe.

Und er wusste, er hätte seinen Spaß daran.

Dieser Gedankengang allein genügte schon, dass Forest seine Augenbrauen hochzog, die Mundwinkel ausdehnte und sie in einem breiten Grinsen enden ließ.

Nichtsahnend, dass Tom schon vor dem Morgengrauen aufgebrochen war, um zu ihm zu fahren, bastelte er in Gedanken an seiner Geschichte.

Bei weitem gehörte Tom nicht zu der Kategorie der Frühaufsteher, er war, genauer gesagt, diese Nacht gar nicht erst ins Bett gekommen. Nach unzähligen Pokerspielen war sein Bargeld ausgegangen, sodass Tom notgedrungen den Nachhauseweg angetreten hatte. Mit grimmigem Blick und den Händen tief in den Jackentaschen hatte er alles angebrummt, was ihm in die Quere gekommen war. Mehrere Dosen waren dabei infolge heftigster Fußtritte direkt ins Gebüsch gezischt. Seine Hände hatten unentwegt jeden Winkel seiner Taschen durchwühlt, um vielleicht doch einen Geldschein zu finden. Das Einzige, was er dabei locker machen konnte, waren die Fäden des Innenfutters. Bei all diesem Wirrwarr war Tom plötzlich sein bevorstehender Besuch bei Forest eingefallen. Gleichermaßen hatte sich sein chaotischer Gang beruhigt, dafür durchquerten einen Moment lang die tollsten Jagdszenen in den Wäldern seine Gedanken und ließen Toms Augen kurz aufblitzen. So etwas wäre mit Forest doch nicht zu verwirklichen, stellte er resigniert fest. Zu Hause angekommen war er viel zu aufgewühlt, um zu schlafen. Ein Blick auf die Proviantkiste für Forest genügte und für ihn stand fest, dass er möglichst bald aufbrechen und seinen Freund schon am Morgen überraschen wollte. Mit neuem Antrieb stopfte er alles Nötige in seine Tasche und füllte die Thermosflasche mit heißem Kaffee.

So kam es, dass Tom wenig später in seinem schwarzen Jeep Wrangler auf der Hauptstraße stadtauswärts unterwegs war. Mit einem Auge hatte er auf einer kleinen Verkehrsinsel den Meilenstein erfasst: Anfang des Alaska Highway. Hier war Tom schnell vorwärts gekommen und hatte bereits nach einer Stunde Fort St. John hinter sich gelassen. Fünfzig Meilen weiter, ab Wonowon, war die angenehme Fahrt allerdings zu Ende gewesen. Die Straße, die ab hier durch tiefe Wälder führt, war zusehends schlechter geworden, so auch seine Aufmerksamkeit infolge des Schlafmangels. Tom hatte sich verstärkt darauf konzentrieren müssen, die Abfahrt nicht zu verpassen. Was er danach vorgefunden hatte, war ein mit Löchern und Wurzeln abwechselnd durchgrabener Boden, weswegen er ständig durchgerüttelt wurde.

Genauso hartnäckig wie dieser Weg hatte sich auch die Dunkelheit gehalten. Tom hatte dies auf den Mond geschoben, der genauso fad auszusehen schien wie er. Bald war er ganz in dieses Bergmassiv vorgedrungen und hatte nur einen Wunsch: bloß keine Panne zu haben.

Warum musste irgend so ein Idiot am Ende dieses Weges eine Hütte errichten? Ausgerechnet an dieser Strecke, auf der sowieso kein normales Auto vorankommt und an deren Ende sich die Tannen vor einem aufstellen, als wollten sie niemanden durchlassen.

Warum hat Forest ausgerechnet eines Tages diese Hütte entdecken müssen und sich in den Kopf gesetzt, da einzuziehen?

Tom schüttelte bei jedem Gedanken verständnislos den Kopf. Niemand sonst wäre auf so eine übergeschnappte Idee gekommen, außer dem wahrscheinlich, der die Hütte hier gebaut hatte. Vielleicht hatte er es sogar bereut und sich schnellstens aus dem Staub gemacht – wer weiß? Forest tat weder das eine noch das andere. Toms Gedankengänge wurden durch ein heftiges Rütteln abrupt beendet und er konzentrierte sich wieder verstärkt auf die Strecke.

Etwas schlaftrunken und geschafft tauchte Tom am Vormittag vor der Hütte auf. Obwohl es unwahrscheinlich war, dass Forest seine Ankunft nicht bemerkt haben sollte, schlich Tom zum vorderen Küchenfenster, um ihn vielleicht dort zu überraschen. Forest drehte sich schlagartig um, als sich der Raum zu verdunkeln schien, zuckte zusammen und stieß einen hellen Aufschrei aus. Durch diese heftige Reaktion machte Tom einen Satz nach hinten und stolperte den Treppenaufgang rückwärts hinunter.

Wie konnte er auch ahnen, dass er ähnlich wie der Bär das Fenster belagert und den Raum für einen Moment verdunkelt hatte.

Forest besann sich ziemlich schnell und rannte zu Tom, der am Boden lag, hinaus. Bei dem Anblick seines verstörten Freundes, konnte sich Forest ein Grinsen nicht verkneifen, tat es jedoch schnellstens, als er Toms grimmigen Gesichtsausdruck sah, der alles andere als eine flüchtige Erscheinung zu sein schien.

»Hat's dir jetzt die Sprache verschlagen?« Tom richtete sich wie in Zeitlupe auf.

Entschlossen griff Forest seinem Freund unter die Arme.

»Lass los!«, entgegnete Tom ruppig. Seine Stirn zog sich mehr und mehr zusammen und verkleinerte die Augen zusehends. »Was um alles in der Welt ist in dich gefahren, wie ein Wahnsinniger zu schreien? Freuen solltest du dich, du Idiot, und mich nicht zu Tode erschrecken.«

Tom, dem es zwar Spaß machte, Forest zu erschrecken, konnte es hingegen nicht leiden, wenn dieser ihm durch seine Reaktion einen noch größeren Schrecken einjagte.

Und er wusste, heute war es ihm gelungen.

Mit seinen kräftigen Händen klopfte sich Tom energisch den Schnee von der Hose.

»Ist doch nichts passiert«, entgegnete Forest.

»Das wäre ja noch schöner«, brummte Tom. »Blaue Flecken habe ich mir bestimmt geholt – hier!« Er schob den Ärmel hoch und zeigte auf einen großen, der mit Sicherheit älteren Datums war und unmöglich von dem Sturz herstammen konnte.

Forest schüttelte nur seinen Kopf.

»Hey«, bemerkte Tom dabei verdutzt. »Soll das ein Bart sein oder nur der Versuch dazu?«

»Nun mach mal halblang! Ich glaube, es geht dir schon wieder ganz gut. Vielleicht zu gut.«

Unter andauerndem Gebrummel »Natürlich tut alles weh … was glaubt der denn … blödes Geschrei«, schob er seinen Freund hinein in die Hütte.

Toms Besuche waren für Forest nicht nur ein regelrechtes Ereignis in dieser Wildnis, sondern ein ebenso großartiger Lebensmittelnachschub. Forest hätte nicht davon zu träumen gewagt, von seinem Freund derart versorgt zu werden. Schließlich war es Tom, der dieses Wildnisleben als äußerst hirnrissig eingestuft hatte, zumal er genau wusste, dass Forest nicht mal in der Lage war einen Fisch für eine anständige Mahlzeit zu fangen. Nach Forests Meinung musste er diese Tatsache nur nicht immer störend erwähnen. Und er tat es bei jedem Besuch.

Tom stapfte weiter in den Raum, während Forest rasch zwei Coladosen holte. Die Jacke flog auf die Bank und Tom ließ sich erschöpft mit einem großen Seufzer in den Holzsessel fallen. Da saßen sie nun; ein harter Bursche und einer, der es in dieser Wildnis noch werden wollte. Nach einem kräftigen Schluck ging es beiden schon wieder besser, besonders Tom. Er zündete sich ein Zigarette an und war erleichtert, diese Fahrt heil überstanden zu haben. Sogar seine Gesichtszüge entspannten sich, als er die wohltuende Wärme des Ofens spürte. Forest glaubte schon ein zufriedenes Lächeln auftauchen zu sehen, doch es hielt nicht lange an, da Tom sich abrupt an seine Ankunft erinnerte.

»Mensch Forest, jetzt wird es wirklich Zeit, dass du deine Sachen packst. Du bist schon lange genug hier. Außerdem macht mich diese jämmerliche Fahrt jedesmal fertig.«

»Du kurvst doch gern mit deinem Jeep in der Gegend herum«, sagte Forest.

»Aber nicht nachts«, gähnte ihm Tom entgegen.

»Das hat auch niemand von dir verlangt.«

Toms Blick wanderte langsam vom Ofenfeuer weg zu Forest. »Von wegen Bett. Wenn du wüsstest, was heute Nacht in der Kneipe los war; und nachher erst am Pokertisch. HA.«

»Das kann ich mir denken«, entgegnete Forest, »bei deinem Pokerwahn.«

Tom trank einen großen Schluck. »Aber du willst ja nichts davon wissen. Immer, wenn ich dir etwas erzähle, rennst du zwei Minuten später irgendwohin ... Siehst du, jetzt schaust du auch dauernd aus dem Fenster. Was ist los?«

»Ach nichts. Ich, ich wollte nur Wasser heiß machen«, meinte Forest etwas verwirrt und verdrückte sich schnell in die Küche. »Einen starken Kaffee kannst du jetzt gut gebrauchen.«

Tom stimmte gähnend zu.

Forest war wirklich nicht sonderlich interessiert an Toms Pokerrunden. Ein einziges Mal hatte er danach gefragt, mit dem Ergebnis, dass ihm klar wurde, nie ein leidenschaftlicher Spieler zu werden und Tom hingegen von dem Thema überhaupt nicht mehr los kam. Schlussendlich hatte es ihn nur gewundert, weshalb Tom immer wieder soviel Geld dabei verlor.

Im Augenblick jedoch beschäftigte Forest nur eins: Die Bären.

Hastig zündete er den Gaskocher an und schaute abwechselnd aus dem Fenster und dann zu Tom, der sich ausgiebig reckte. Plötzlich stellte sich Forest vor, was wäre, wenn ein Bärenkopf unverhofft hinter Tom an der Scheibe auftauchen würde? In Wirklichkeit hätte es ihn bestimmt nicht so amüsiert, aber für einen Moment musste er sich sichtlich zusammenreißen, um sein Grinsen rechtzeitig wieder einzuräumen, da Tom aufgestanden war und zur Türe ging.

»Ich hole das Proviant aus dem Auto, bevor ich noch einschlafe«, sagte er. »Schließlich habe ich nach der langen Fahrt einen Bärenhunger.«

Forest zuckte zusammen. »Ja, ja, mach schnell!«, rief er ihm nach.

Genauso eilig brachte Forest den Kaffee, das Brot

und die restliche Wurst auf den Tisch, damit Tom sich wirklich mit dem Ausladen beeilte, der gerade mit seiner Tasche hereinkam. Forest schloss die Tür. Nun fühlte er sich wohler.

»Du hast dich auch schon mehr über die Lebensmittel gefreut«, wunderte sich Tom. »Oder hast du an meiner Auswahl etwas auszusetzen?«

Forest schaute in die Kühltasche und kurz in die andere Kiste. »Unsinn!«

»Rotwein habe ich nicht mitgebracht«, sagte Tom, »aber dafür Bier. Außerdem«, bemerkte er kleinlaut, »musste ich letzte Woche im Drugstore schon anschreiben lassen.«

Forest zog unvermutet ein paar Dollarscheine aus der Hosentasche heraus, die Tom sichtlich verblüfft einsteckte.

»Du verspielst es ja doch nur«, meinte Forest, worauf Tom sich schnellstens umdrehte und mit lautem Geklapper einige Dosen auspackte.

Zum Essen nahmen sich die Männer nicht viel Zeit. Tom hatte Mühe die Augen aufzuhalten und verdrückte sich wenig später auf die Holzbank, schob sich das dicke Kissen aus dem Sessel unter den Kopf und schlief auf der Stelle ein. Forest verstaute unterdessen die Lebensmittel, bevor er sich in den Holzsessel dicht neben dem Ofen setzte. Tom schlief jetzt fest. Forest legte Holz auf, machte es sich bequem und genoss die Wärme, die sich angenehm auf sein Gesicht legte und die letzte Unruhe in ihm vertrieb. Ab und zu nickte er sogar ein.

Am späten Nachmittag wachte Tom auf, war allerdings durch die neue Umgebung etwas irritiert. Sein Kreuz schmerzte und noch müde, setzte er sich aufrecht. So langsam dämmerte es ihm, dass er sich hoch oben in den Bergen befand und den verpassten Schlaf der vergangenen Nacht wohl versucht hat nachzuholen. Mit mäßigem Erfolg, wie er feststellen musste.

»Na, schon munter?«, fragte Forest. »So tief wie du geschlafen hast, hätte ich heute nicht mehr mit dir gerechnet.«

»Kein Wunder, bei der harten Bank.« Tom streckte sich, ging ein paar Schritte zum Fenster und rieb sich seinen Rücken. »Ich glaube, ich werde nach draußen gehen … um den See vielleicht, irgendwie brauche ich jetzt frische Luft und Bewegung.«

Forest verschlug es fast die Sprache. Er selbst traute sich kaum aus der Hütte und konnte seinen Freund unmöglich ahnungslos nach draußen gehen lassen. Ich muss ihm von dem Bären erzählen, dachte er, während Tom nach seiner Jacke suchte.

»Willst du wirklich rausgehen?«, fragte ihn Forest.

»Ja, warum nicht? Es ist doch noch hell. Kommst du mit?«

Einerseits wollte Forest, andererseits zuckte er allein bei der Vorstellung zusammen, dass sich ein Bär in unmittelbarer Nähe befinden könnte. Unzählige Gedanken schossen ihm durch den Kopf, die jedoch nicht verwirklicht werden sollten. Bis auf einen. Er kam mit.

Unruhig lief Forest hinter Tom her, bevor er selbst die Führung übernahm. Dazu musste er sich allerdings bei den großen Schritten seines Freundes anstrengen. Tom bekam zu allem Überfluss einen Lachanfall, als er seinen Freund mit dem Gewehr völlig aufgelöst in der Gegend herumirren sah.

»Bist du immer so schreckhaft, wenn du losziehst?«

»Was?«, rief Forest irritiert und drehte sich um.

»Suchst du irgendetwas oder was ist los?«

»Äh … nein, nichts. Lass uns doch mit dem Boot fahren. Was hältst du davon?«

»Wirklich nichts«, meinte Tom mit einem müden Lächeln. »Ich brauche Bewegung, aber wenn du keine Lust hast, musst du nicht weiter mitkommen …; na ja, allzu lange laufe ich auch nicht mehr.«

Forest war beruhigt. Wenigstens in einer Hinsicht.

***

Zur selben Zeit befand sich die Bärenfamilie auf der entgegengesetzten Seite des Sees – weit genug von den Männern entfernt.

Forest hätte viel darum gegeben, wenn er das zu diesem Zeitpunkt gewusst hätte.

Nach der morgendlichen Erkundungstour mit ihrem so aufregenden Ende, war die Bärin nun in der Nähe ihrer Höhle geblieben, um weitere Schrecken zu vermeiden. Die Kleinen waren noch eine Weile danach verängstigt gewesen. Hier, an ihrem gewohnten Platz, fühlten sie sich jetzt sicher. Sie kuschelten dicht aneinandergedrückt in der Sonne und genossen die warme Frühlingsluft, die um ihre Nasen zog. Später rangelten sie schon wieder miteinander und wurden in ihrem Spiel lebhafter, während die Bärenmutter die nähere Umgebung nach der spärlichen Nahrung absuchte. Dabei knurrte sie den Kleinen ständig zu und richtete sich von Zeit zu Zeit auf, um den Wind mit ihrer Nase besser einfangen zu können.

Kein Ruhestörer wurde an diesem Tag mehr gewittert oder gesichtet. Auch nicht die Männer.

***

Zurück in der Hütte zog Forest geschafft seine Jacke aus.

»Deine Kondition scheint auch nicht die Beste zu sein«, bemerkte Tom.

Wenn du wüsstest, dachte Forest und verschwand sogleich in der Küche und inspizierte ausgiebig die Vorräte. »Nachher haue ich uns die Steaks in die Pfanne«, rief er zu Tom hinüber, der vor dem kleinen

Fernsehgerät hockte und versuchte, vielleicht doch noch ein Bild hereinzubekommen; allerdings ohne Erfolg.

Tom drehte an der Antenne. »Das ist doch alles nichts hier«, regte er sich auf.

Forest war eine gute Mahlzeit im Moment wichtiger und ließ sich bei seinen Vorbereitungen durch nichts ablenken. Gelegentlich hörte er Tom fluchen, aber nur so lange, bis der Duft des Essens den Raum erfüllte und ihn erwartungsvoll anlockte.

»Hey, das riecht ja gut! Mensch Forest, du hättest Koch werden sollen«, meinte er, während die Steaks in der Pfanne brutzelten. »Wenn du wenigstens auf die Jagd gehen würdest, könnte ich verstehen, was dich hier hält, aber so?« Tom schüttelte heftig den Kopf.

Forest suchte nach der passenden Erklärung, wurde jedoch von Tom aus seinen Gedanken gerissen, der plötzlich kräftig in die Hände klatschte, sodass Forest zusammenzuckte.

»Wir bauen in der Nähe von Dawson Creek so ein Holzhaus und ... machen ein Lokal daraus. Mensch, das wärs doch! Und ich hätte immer etwas Anständiges zu essen.«

»Vor allem das.« Forest schaute Tom ungläubig an.

»WIR machen ein eigenes Lokal auf!«, wiederholte Tom. »Glaub mir, so was läuft bestimmt! Und mit dir als Koch wären wir außer Konkurrenz.«

Tom war von seiner Idee richtig begeistert und mit der Zeit fand auch Forest Gefallen daran.

»Endlich gibt es einen Grund, der dich aus dieser Hütte treibt, ich hatte die Hoffnung schon aufgegeben«. Tom trank gleich einen großen Schluck darauf. »Wenn ich es recht bedenke«, meinte er, »eine Vorliebe für Holzhütten hattest du ja schon immer gehabt, nur ist diese mit Abstand am weitesten weg.«

Tom kramte sein breites Grinsen wieder aus. »Ich kann mich noch genau an unsere Schulferien erinnern. Immer musstest du an irgendeinem See anfangen etwas zu bauen ... Ach ja, erinnerst du dich an dieses komische Baumhaus?«

»Und, was war daran so komisch?«, entgegnete Forest.

»So viel Mühe hast du da reingesteckt. Von morgens bis abends konntest du hämmern und dann«, Tom schüttelte den Kopf, grinste weiter und stellte die Bierdose ab, »bist du schon beim Besteigen dieser klapprigen Holzleiter fast runtergefallen, weil eine Latte angebrochen war und daraufhin wutentbrannt nach oben gestiegen und gleich mit einem Fuß durch den Boden gekracht. HA, HA ... Durch die Erschütterung sind alle Zweige vom Dach auf dich heruntergekommen. Mensch, hab ich gelacht.«

Forest fand das überhaupt nicht komisch.

Tom konnte sich alles noch lebhaft vorstellen und

es amüsierte ihn aufs Neue. »Wie dein Bein zwischen den Latten eingeklemmt war … Später sind dann die Seitenteile eingebrochen, aber davon will ich gar nicht mehr reden. Aber ich glaube, am meisten hat dich geärgert, dass im Jahr darauf andere Kinder dieses Baumhaus wieder aufgebaut haben und es heute noch steht.«

»Schon gut, schon gut.« Forest versuchte dieses Thema zu beenden. »Dafür ist diese Hütte um einiges größer, auch wenn ich sie nicht selber gebaut habe«, fügte er mit einem gequälten Gesichtsausdruck hinzu.

»Wenn ich mich nicht irre, ärgert es dich ja heute noch, dass du es bis zu einem kompletten Holzhaus nie geschafft hast.«

Und Tom wusste, er irrte sich nicht.

Im Laufe des Abends ließ Tom seine Idee von einem eigenen Lokal gar nicht mehr los und Forest wollte ihm sein morgendliches Bärenabenteuer lieber ein anderes Mal erzählen.

Sonntag, 6 Uhr morgens

Wie jeden Tag wachte Forest auch an diesem Sonntag ziemlich früh auf.

Er fühlte sich aber ganz und gar nicht fit und schaute mit halb zugekniffenen Augen auf die Uhr.

6 Uhr.

FRÜH!

Zu früh!

Heute morgen sogar für Forest:

VIEL ZU FRÜH!

Nachdem er seinen Blick von der Uhr gelöst und kurz in den großen Raum geschaut hatte, traute er seinen Augen nicht. Krampfhaft versuchte er sie aufzureißen und richtete sie ausschließlich auf Tom.

Wie so oft, wenn sein Freund bei ihm übernachtete, fand Forest ihn am frühen Morgen anstelle auf der Holzbank im Sessel wieder. Heute war anscheinend einer von diesen „meisten" Tagen, da Tom mit dem Kopf über der Lehne hing. Warum er es fast nie schaffte, zu seinem Schlafplatz zu finden, bereitete Forest gleich noch mehr Kopfzerbrechen. Mit kleineren Bewegungen versuchte sich Tom in eine bessere Position zu bringen, stürzte mit einem Mal auf, nahm das Kissen mit, zerrte an der Decke und ließ sich mit einem Ruck auf die Holzbank fallen. Dann war Ruhe.

Forest machte die Augen zu.

Er machte sie wieder auf.

Etwas beschäftigte ihn jedoch stärker, als die Aktion von Tom.

Die Szene mit dem Bären spielte sich erneut vor seinen Augen ab. Forest drehte sich um. Er vertrieb jeden Gedanken daran. Jetzt aufstehen und draußen nach neuen Spuren schauen? Sein unabänderlicher Wille weiterzuschlafen machte es ihm unmöglich. Das Einzige, wozu er sich hinreißen ließ, war ein kurzer Blick aus dem Fenster, obwohl es noch zu dunkel war, um überhaupt etwas erkennen zu können.

Jedenfalls ist alles ruhig, dachte Forest und das genügte ihm in diesem Augenblick.

***

In den frühen Morgenstunden war die Bärenfamilie schon recht aktiv. Ihre Höhle lag nicht weit entfernt von der Hütte, doch, um unnötige Überraschungen zu vermeiden, blieben die Bären heute morgen an ihrem Stammplatz.

Für die Kleinen war auch dieser Tag neu und aufregend. Ihr Instinkt aber hielt ihre Neugier in Schach und sie erforschten nur ihre direkte Umgebung. Der dünne Schnee, der langsam unter ihren kleinen Pfoten zu schmelzen begann, schien ihnen nicht ganz geheuer zu sein und sie drängelten sich immer wieder zur Bärenmutter, die die Kleinen stets schnell beruhigen konnte.

Nachdem sie die Jungen an diesem Morgen gesäugt hatte, hielten sie zu dritt ein kleines Nickerchen, bevor sie loszogen. Zunächst wurden sämtliche Sträucher im näheren Umkreis untersucht, dann entfernte sich die Bärenmutter etwas weiter von der Höhle, dicht gefolgt von den Bärchen. Unter ständigem Gepiepse blieben sie ihr so nah auf den Fersen, dass ihnen die großen Tatzen spürbar nah um die Ohren wirbelten. Aufgeregt sprangen die Kleinen schon mutiger mit allen Vieren in den Schnee und knurrten ihn an, wenn er nicht gleich verschwinden wollte.

Die Bärin suchte die Gegend unter höchster Vorsicht ab, aber nur mit mäßigem Erfolg. Oft hielt sie an, lauschte, stellte sich auf die Hinterbeine, um besser Witterung aufnehmen zu können. Sie wollte Gewissheit darüber haben, ob vielleicht ein unerwarteter Herumtreiber unterwegs war.

Auch die Bärchen versuchten die Gegend zu beobachten. Sie machten sich dazu noch etwas ungeschickt lang, witterten alles Mögliche, verloren aber schneller das Gleichgewicht, als ihnen lieb war. Oft schmissen sie sich beim Umfallen gegenseitig in den Schnee. Bei weiteren Streckversuchen schnupperten sie nicht ganz so heftig, sackten aber schon nach kurzer Zeit wieder zusammen. Mehr Spaß machte es ihnen dagegen, miteinander zu rangeln und sie wurden immer aufgeregter, je besser sie es konnten. Nur mussten sie dabei aufpassen, den Anschluss nicht zu verlieren.

***

Zum zweiten Mal an diesem Sonntagmorgen wachte Forest auf. Er tat es nur etwas zögernd. Zum einen fühlte er sich nicht ganz fit und zum anderen hoffte er, dass Tom die Aktion von heute morgen vergessen hätte. Nach der gestrigen langen Nacht und dem unbequemen Schlafplatz, war sein Freund bestimmt nicht gut gelaunt und würde sich über jede Kleinigkeit fürchterlich aufregen. Forest versuchte daher möglichst leise an ihm vorbeizuschleichen und den Ofen anzuheizen. Kaum hatte er ein Streichholz angezündet, riss Tom plötzlich seine Augen auf und starrte Forest regungslos an.

Forest blieb stehen.

Vorsichtshalber.

Der träumt bestimmt, dachte er und ging weiter.

»Oooh«, brummte Tom im Hintergrund, »mein Kreuz, mein Kopf.«

Forest zuckte ein wenig zusammen.

»Vergiss es und schlaf weiter!«, sagte er kurz, was zu seiner Verwunderung mit sofortiger Wirkung eintrat.

Eine Stunde später wachte Tom wieder auf.

Vielleicht hätte er sich ohne dieses Dröhnen in seinem Kopf besser gefühlt. Wahrscheinlich. Aber es dröhnte nun einmal. Tom versuchte möglichst langsam aufzustehen. Irgendwie wollte es ihm nicht in den Sinn, was gestern eigentlich geschehen war. Er zog es daher vor, einen Eimer kaltes Wasser über seinen Kopf zu gießen und später vielleicht noch einmal darüber nachzudenken.

Als der erste Kaffeeduft in Forests Nase zog, musste er unwillkürlich an das gestrige Auftauchen des Bären denken. Verdutzt schaute er auf die Kaffeekanne. Sollte der Geruch des Kaffees ihn vielleicht angelockt haben, überlegte Forest, während er alles Mögliche für das Frühstück hervorkramte. Der Gedanke ließ ihn gar nicht mehr los. Forest öffnete das Fenster einen Spalt weit und die kalte Morgenluft zog in den Raum. Verschmitzt lächelte er dabei. Wer weiß, dachte er, so langweilig ist das Leben hier draußen gar nicht, wie Tom immer sagt. Es gibt mehr Überraschungen, als man denkt. Der wird sich noch wundern.

Forest nahm die geöffnete Kanne, stellte sie ans Fenster und klapperte ein wenig damit.

Gebannt schaute er hinüber zu den Tannen, dann zu Tom. Der bekam von alledem nichts mit.

Auf der heutigen Nahrungssuche war die Bärin, dicht gefolgt von den Kleinen, ungewollt in die nähere Umgebung der Hütte gekommen. Zu diesem Zeitpunkt war sie nicht mehr weit entfernt und der Duft des Kaffees, der durch das geöffnete Fenster zu ihr drang, lockte sie erneut sehr nah heran.

Forest bekam einen Riesenschreck, als er tatsächlich einen Bären zwischen den Tannen zu erkennen glaubte. Die Jungen im Hintergrund bemerkte er nicht. Abwechselnd starrte er ins Zimmer zu Tom und dann zu dem Bären.

Im Moment kam keiner von beiden.

Forest zog rasch die Kanne zurück und machte das Fenster zu.

Vorsichtshalber.

Jetzt handelte es sich nur um Sekunden, bis Tom in der Küche aufkreuzte. Forest hörte ihn schon kommen und drehte sich nach ihm um.

Tom sah in ein äußerst sorgenvolles, verklemmt grinsendes Gesicht.

»Was ist passiert?« Tom begann aus Solidarität auch ein wenig zu grinsen.

»Bis jetzt nichts.« Forest warf einen kurzen Blick aus dem Fenster.

»Und warum schaust du dann so dämlich?«

»Ich glaube nur, wir ... be ... kommen gleich Besuch.«

»Davon weiß ich ja gar nichts«, wunderte sich Tom.

»Kannst du auch nicht.«

»Ja und, wer kommt?«

Forest schwieg.

Tom verstand nicht, versuchte dennoch seine Nerven zu schonen, die bei Forest bereits blank lagen.

»Irgendwie scheint dich das Ganze ziemlich mitzunehmen oder irre ich mich?«

Forest schwieg weiter.

Tom irrte sich nie.

Forest ging einen Schritt vom Fenster zurück, da die Bärin sich langsam auf die Hütte zubewegte. Gebannt schaute er in Toms Gesicht, der jetzt unbeweglich mit halb geöffnetem Mund nach draußen starrte. Forest blickte immer noch zu Tom.

In diesem Augenblick tauchte ein mächtiger, brauner Kopf in einiger Entfernung hinter Forest an der Scheibe auf.

Toms Gesichtsausdruck war wie versteinert.

»OH ... OH NEIN«, keuchte er mit weit aufgerissenen Augen, worauf sich Forest ruckartig zum Fenster umdrehte.

Vielleicht hätte er es in dieser Sekunde nicht machen sollen, da die Bärin sich, aus Sorge um die Kleinen, bedrohlich auf die Hinterbeine gestellt hatte und mit halb geöffnetem Maul warnende Laute abgab.

Völlig außer Fassung stürzte Forest mit einem Aufschrei zurück. Tom stieß Forest beiseite, wobei dieser auf dem Tisch landete. Tassen und Teller fielen zu Boden. Forest suchte nach Halt, rutschte vom Tisch und blieb ohne einen Muckser auf dem Boden sitzen.

Die Bärin war unterdessen aus Sorge um ihre Jungen schleunigst mit ihnen im Wald verschwunden und wollte es auf keine gefährliche Situation mehr ankommen lassen.

»Forest, was ist hier los? Da draußen ist ein Bär! Verdammt noch mal«, schrie Tom in einem Anflug von Panik dem am Boden kauernden Forest entgegen. »Sag doch was!«

Beide starrten zum Fenster.

Von der Bärenfamilie war nichts mehr zu sehen.

Tom tobte.

Er konnte seine Gedanken nicht recht ordnen. »Das darf doch nicht wahr sein! Ich dachte du lebst hier ganz friedlich.«

»Hab ich ja auch«, hauchte Forest benommen.

»Was grinst du dann so?«, schrie Tom. »Findest du das vielleicht komisch, wenn ein Bär vor deinem Fenster auftaucht?«

Forest versuchte krampfhaft einen Lachanfall zu unterdrücken, als er seinen geschockten Freund am Fenster stehen sah.

»Bist du jetzt total übergeschnappt?«, rief Tom.

»Verdammt, wir müssen uns was überlegen, falls der Bär wiederkommt.«

»Beruhige dich erstmal!«, stammelte Forest.

»ICH mich beruhigen? Beruhig DU dich! Ich finde das überhaupt nicht zum Lachen.« Tom rannte immer aufgeregter hin und her.

»Der Bär ist bestimmt harmlos«, erklärte Forest.

»Harmlos?« Tom traute seinen Ohren nicht. »Ist das alles, was dir dazu einfällt?«

»Der Bär …«, hauchte Forest, »war … gestern auch hier.«

»Was … dder war gestern HIER?« Tom fing fast an zu stottern und konnte sich kaum unter Kontrolle halten. Seine in der Luft herumfuchtelnden Hände packten Forest am Kragen. »Soll das etwa heißen, du hast die ganze Zeit gewusst, dass hier ein Bär herumschleicht und mir nichts davon gesagt?«

»Er war nur kurz da. Nicht so wichtig.«

»Nicht so wichtig? Du findest es NICHT WICHTIG, mir das zu erzählen?«

Das Schütteln wurde heftiger.

Forest versuchte sich jedes Wort besser zu überlegen: »Schon gut, schon gut.«

»Schon gut. Was soll das heißen?«, schrie Tom weiter. »Ich kann es nicht fassen. DU hast mich ahnungslos um den See laufen lassen. Jetzt wird mir klar, warum du so aufgescheucht in der Gegend herumgerannt bist und schnell wieder zur Hütte zurück wolltest.«

»Reg dich endlich ab!« Forest musste schon seine gesamten Kräfte einsetzten, um Tom wegzudrücken. »Dem Bären ist wohl mein Kaffeeduft in die Nase gezogen. Nichts weiter. Der interessiert sich nicht für uns, deshalb ist er auch so schnell wieder verschwunden.«

Tom verstand allmählich die Welt nicht mehr. Weder mit einem Bären, noch mit einer so dämlichen Erklärung hatte er heute morgen gerechnet.

»Woher willst du denn wissen, dass dieser Bär nicht gerade jetzt um die Hütte schleicht? Der kommt mit Sicherheit zurück. Schließlich gibt es hier mehr Nahrung als draußen.«

»Ach, der ist bestimmt getürmt oder hörst du ihn etwa? Forest sammelte dabei die um ihn herumliegenden Sachen zusammen, ohne sich größere Gedanken über ihre Lage zu machen. Irgendwie wunderte ihn sein Verhalten selber und er grübelte mehr darüber nach, ob er wirklich überzeugt war, dass der Bär nicht mehr zurückkommen würde.

Tom machte dieses Schweigen nur nervöser und stellte sich entschlossen vor Forest: »Wo ist dein Gewehr?«, brüllte er, sodass sein Freund vollständig zusammenzuckte.

»Da drüben. Was hast du vor?«, rief Forest aufgeregt. »Warte! Du siehst doch, draußen ist alles ruhig.«

»Wer weiß, wie lange«, meinte Tom, griff das Gewehr und lief zu jedem Fenster. »Das glaubt uns kein Mensch«, sagte er fassungslos nach einiger Zeit, in der er mit dem Gewehr in der Hand im Raum herumgerannt war. »Jedesmal, wenn ich hier bin, in dieser Abgeschiedenheit, passiert nichts und diesmal ist draußen der Bär los!«

Tom musste etwas unternehmen.

Entschlossen wollte er vor der Hütte nach Spuren suchen; besonders an seinem Auto hoffte er keine zu finden. Langsam öffnete er die Tür und bewegte sich vorsichtig nach draußen, vergaß alle Vorhaben nach Spurensuche und verschwand ziemlich schnell in seinem Jeep. Kurz startete er den Motor, sah dabei verschreckt in die Gegend, bevor er schnellstens wieder in der Hütte verschwand.

Je mehr die Zeit in Richtung Nachmittag fortschritt, desto unruhiger wurde Tom. Dieses Mal bereitete ihm die bevorstehende Rückfahrt weniger Sorgen als sonst. Mehr die Vorstellung, dass Forest trotz allem hierbleiben wollte und mit einem womöglichen Auftauchen des Bären rechnen müsse, verbreitete tiefe Sorgenfalten auf seiner Stirn. Wo steckt er überhaupt, dachte Tom. Unermüdlich rannte er im Raum hin und her und stopfte dabei seine paar Sachen, die verstreut herumlagen, in seine Tasche. Forest verschwand gleich wieder der nach draußen, als er das sah und schichtete das gehackte Holz um. Schließlich sollte Tom ihm nicht gleich ansehen, dass es mit seinem Mut nicht weit her war.

Tom grübelte, was er machen sollte. Wieder einmal an einem Montag nicht zur Arbeit zu gehen, würde ihm vielleicht seinen Job kosten. Die fackelten nicht lange, das konnte er unmöglich riskieren. Nicht jetzt. Er brauchte das Geld, schon wegen seiner Spielschulden, an die er sich in diesem Moment auch noch unangenehmerweise erinnerte.

»Hey, was machst du da draußen?«, rief er, als Forest gerade zur Tür hereinkam. Tom ging auf ihn zu und legte seine Hände auf Forests Schulter. »Ich weiß nicht, warum du so verdammt stur bist«, sagte er und drückte ein wenig fester, »aber glaub mir, nächstes Mal kommst du mit, ob du willst oder nicht!«

Forest stimmte rasch zu und schob Toms Arme beiseite, um diesen Rüttelungen endlich zu entgehen.

Bei der Abfahrt ließ Tom den Motor richtig aufheulen, um auch den letzten Bären noch zu vertreiben, kurbelte das Fenster herunter und fuhr langsam los: »Aber zieh diesen grellen Pullover aus«, rief er, »damit lockst du die Tiere geradezu an.«

Forest schaute verdutzt an sich herunter, machte sich aber keine weiteren Gedanken darüber.

Keine fünf Minuten später stoppte Tom, wendete und kurvte zur Hütte zurück.

Forest traute seinen Ohren nicht, als er den Wagen

hörte. »Was ist los?«, rief er Tom entgegen.

»Alles okay, aber ... was hältst du davon?«

»Wovon?«

»Davon, dass ich am nächsten Wochenende zu dir komme und vielleicht ein paar Tage dranhänge. Einer muss doch auf dich aufpassen!«

Forest überlegte nicht lange und hielt es spontan für eine »GUTE IDEE!«

»Bis dann«, rief Tom und brauste nun ein wenig schwungvoller ab.

Forest vergewisserte sich nochmals, ob alles okay war, bevor er in seine Hütte zurückging und grübelte ernsthaft darüber nach, ob er den Bären wirklich für so ungefährlich hielt, wie er immer gesagt hatte, oder ob er Tom mit seiner Gelassenheit nur imponieren wollte. Ausgerechnet er. Nur eines wurde ihm mit der Zeit immer klarer, dass Tom sich, wenn er wiederkäme, mit Sicherheit als der Stärkere aufspielen würde, wie schon früher ...; und hielt seinen Vorschlag plötzlich nicht mehr für eine GUTE IDEE.

Der nächste Tag brachte außer seinen üblichen Gewohnheiten nicht viel Neues; genau genommen gar nichts. Forest kochte wie üblich Kaffee, allerdings bei geschlossenem Küchenfenster. Schließlich wollte er es auf keine größere Mutprobe ankommen lassen.

Das Fenster blieb zu. Auch das Radio schwieg.

In den folgenden Tagen, als keine neuen Spuren im Schnee zu erkennen waren, raffte sich Forest auf und untersuchte die nähere Umgebung. Sobald die Hütte jedoch außer Sichtweite war, kehrte er schleunigst um. Zu größeren Unternehmungen reichte sein Mut nicht. Andererseits wollte er Tom über alles berichten, was er gesehen hatte und ihm nicht den Eindruck vermitteln, nur verängstigt in der Hütte geblieben zu sein. Auf seinen kleinen Rundgängen kam Forest nie in die Nähe der Bärenhöhle. Auch traf er auf keine weiteren Spuren von den Tieren, da die Bärenfamilie in dieser Zeit auf der anderen Seite des Berges den Wald nach Nahrung durchstreifte und zu Beginn der Dunkelheit wieder den Schutz ihrer Höhle suchte.

Tom bekam seinen Urlaub genehmigt und bearbeitete die Baumstämme in der Holzfabrik jetzt nicht mehr mit demselben Elan wie vorher. Schließlich warteten interessantere Aufgaben auf ihn, wie er meinte.

***

In den letzten Tagen hatte es noch einmal kräftig geschneit, was die kleinen Bären neugierig verfolgt hatten. Sobald sich jetzt einzelne Flocken zeigten, wurden sie mit den Vorderpfoten in der Luft wild hin und her gewirbelt und es wunderte sie, dass diese kleinen Dinger dabei spurlos verschwanden. Aber lange konnten sie ihr Interesse nicht fesseln und die Jungen fingen lieber an zu rangeln. Das musste noch besser gelernt werden. Ihre kleinen Pranken rutschten oft von der gegnerischen Schulter, wenn sie sich zu sehr schüttelten, außerdem kippten sie viel zu schnell zur Seite.

Die Bärin hatte in dieser Gegend die spärliche Nahrung vollends aufgespürt. Da die Kleinen nun kräftig genug waren und ihr Winterquartier nicht mehr brauchten, würde es jetzt nicht mehr lange dauern, um von den Bergen hinunter zum Fluss zu ziehen, wo es genügend Nahrung für alle gab.

In Forests Hütte wollte die Bärin jedenfalls zur Sicherheit der Kleinen nicht danach suchen.

***

Tom ging in die Läden und besorgte genügend Vorräte für die kommende Woche. Mehr Freude bereitete es ihm dagegen, sein Zelt und alles Notwendige für eine Bergtour zusammenzupacken. Man kann ja nie wissen, dachte Tom, als er sein Gewehr in den Händen hielt und es mit Ausdauer reinigte und wieder zusammensetzte. Ab und zu schossen ihm sogar Gedanken an wilde Jagdszenen durch den Kopf, die er im Hinblick auf Forest schnell wieder verdrängte. Anschließend verstaute er seine Sachen in den großen Rucksack, holte die dicken Schuhe und stellte alles neben die Tasche mit der Ausrüstung. Tom schaute bedächtig in die Runde. Trotz des Gepäcks mitten im Raum, ging die größere Unordnung ohne Zweifel von den herumliegenden Zeitschriften, Büchern und Gläsern aus. Dann warf er einen Blick in die Küche, die auch kein besseres Bild abgab, was nicht an der eingekauften Vorratskiste lag. Vielleicht kommt Forest tatsächlich mit zurück, dachte Tom, wenn er allerdings dieses Chaos hier sähe ...

Es half nichts.

Stampfend und schnaufend schob er das Gepäck beiseite, nahm einige Gläser mit in die Küche und kam in der nächsten Stunde nicht mehr heraus. Den Staubsauger hatte Tom auch schon lange nicht mehr in den Händen gehabt, suchte krampfhaft danach, fand ihn nicht in der Abstellkammer, sondern hinter einem Zeitschriftenstapel und legte sofort los. Bei dieser Gelegenheit kam hinter einem Regal eine abgegriffene Mappe, von der er gar nicht mehr wusste, dass sie überhaupt noch existierte, mit ein paar Dollarscheinen zum Vorschein, was seine Aufräumwut gleich noch mehr anstachelte.

Allerdings ohne Erfolg.

Samstag, 8 Uhr morgens

Eine kleine Aufregung musste sich Tom eingestehen, als er in seinen Jeep stieg. Die frühe Uhrzeit war für ihn am Wochenende ungewöhnlich genug, um dann schon auf den Beinen zu sein. Tom hatte sonst nur flüchtig einen Blick auf den Wecker geworfen. Mehr die Ungewissheit über das, was ihn erwarten würde, machte ihn ein wenig unsicher und kribbelig. Aber genau das reizte ihn wiederum und er war daraufhin zu seiner größeren Überraschung ziemlich schnell in die Gänge gekommen.

Irgendwann auf dem Highway bemerkte Tom, wie er sein Lenkrad krampfhaft umklammerte. Schnellstens lockerte er den Griff und versuchte möglichst lässig, mit einer Zigarette im Mund, nach draußen zu schauen, was ihm von manchen überholenden Autofahrern ein wohlwollendes grinsendes Lächeln einbrachte. Tom drückte daraufhin den Gasfuß ein wenig mehr durch. Viel schlimmer war, dass er mit Gewissheit feststellen musste, schon viel zu weit gefahren zu sein. Tom fluchte aufs Fürchterlichste, während er mit quietschenden Reifen kurzentschlossen umdrehte. Nach ein paar Meilen erreichte er endlich die Abbiegung, die ihn wieder auf den schlechten Weg führte, der ihm schon so manchen Nerv geraubt hatte. Auch heute wurde er in seinem Jeep gehörig durchgerüttelt.

Während Tom sich durch den Schnee quälte, genoss Forest die ersten warmen Frühlingsstrahlen, die sich auf seinem Gesicht breit gemacht hatten, als er auf einem dicken Baumstamm am Ufer des Sees saß. Nicht länger untätig, kramte er seine Angelausrüstung hervor, stieg in das kleine Boot und ruderte in die Mitte des Sees. Nicht etwa, weil das Angeln seine Leidenschaft gewesen wäre, nein, Forest wollte Tom eigentlich nur beweisen, dass er auch allein in der Lage war, sich zu verpflegen. Manchmal wenigstens. Das Ergebnis war jedoch bisher nicht erwähnenswert gewesen.

Auch nach längerer Wartezeit in seinem Boot sah es so aus, dass ihre Mahlzeit wahrscheinlich ausfallen würde. Das heißt, Forest konnte es fast nicht glauben, an der Angel bewegte sich wirklich etwas. Erneut zappelte es. Fest krallte er seine Hände um die Stange, starrte ins Wasser und versuchte die Schnur aufzurollen. Gleichzeitig hörte er Geräusche hinter sich. Forest drehte sich irritiert um. Die Geräusche wurden lauter.

Von weitem glaubte er einen Wagen zu hören und war auch ganz froh, als es tatsächlich einer war. Wieder heulte der Motor auf. Bodenwurzeln und Matschlöcher wechselten sich in dem letzten Stück zum See in diesem weichen Boden gleichermaßen ab.

Tom fluchte.

Sogar Forest konnte ihn jetzt durch das halb geöffnete Autofenster hören. Gleichzeitig fuchtelte er aufgeregt mit seiner Angel herum.

»Komm schon!«, zischte er laut ins Wasser und riss voreilig die Angel hoch, wobei der Fisch in letzter Sekunde entwischte. Weg war er. »Verflucht noch mal! Einfach abhauen ... Gerade jetzt! Verdammte Pleite!«

Toms Jeep schob sich unter lautem Gehupe langsam hinter den letzten Tannen hervor. Spätestens da hätte jeder Fisch seine Flucht ergriffen, tröstete sich Forest und gab gleichzeitig Tom die Schuld dafür.

»Hey Forest, ist alles okay?«

»Alles okay. Du hast dich aber mächtig beeilt. War in der Stadt nichts mehr los, dass du es so eilig hattest?«

»Spiel dich nicht so auf mit deiner Angel in der Hand! Bringst du wenigstens das Abendessen zusammen?«

Forests Blick senkte sich.

»Hab ich mir gedacht, dass auf dich kein Verlass ist«, meinte Tom. »Ich werde mal nachhelfen«; was er natürlich nicht ungern tat und sogleich die große Vorratskiste in die Hütte brachte.

»Nicht schlecht«, murmelte Forest, als er die Hütte betrat. »Ich glaube, du willst den ganzen Sommer hierbleiben.«

»Keine Angst, du sollst nur sehen, was dir in dieser Wildnis so alles entgeht.«

Während Tom sein Gepäck aus dem Wagen holte, räumte Forest zähneknirschend das Angelzeug ein, fluchte leise, sodass Tom es nicht hören konnte, und betrat etwas mürrisch die Hütte. Toms erster Blick traf auf Forests leeren Hände und endete mit einem verständnislosen Kopfschütteln. Forest dagegen sah auf ein Meer von Dosen, daneben etliche Brote, Kisten mit Bier und Cola und Zigarettenstangen.

»Na, was sagst du? Und ein ordentlicher Whisky ist auch dabei«, meinte Tom. »Aber die besten Sachen sind da drin«, sagte er und zeigte auf die große Kühltasche.

Forests Augen blitzten allein beim Gedanken an die vielen Speisen kurz auf. Zwei Bierdosen brachte Tom sogleich in den anderen Raum und ließ sich mit einem Seufzer in den Sessel fallen.

»Auf uns!«, prostete er Forest zu. Mit kräftigen Schlucken schien er die ganze Anspannung der Fahrt herunterspülen zu wollen, was ihm zunehmend gelang. »Das hätte ich nicht von dir gedacht«, versicherte er Forest, »dass du es die letzten Tage hier allein ausgehalten hast.«

Diese Anerkennung hätte Forest von Tom bei weitem nicht erwartet und er erzählte ihm gleich, dass er die nähere Umgebung nach Spuren abgesucht, aber keine weiteren entdeckt hatte.«

»Wenn sich hier in den letzten Tagen kein Bär gezeigt hat, dann müssen wir bestimmt nichts mehr befürchten«, meinte Tom und zündete sich eine Zigarette an. »Die Bären brauchen ihre Winterhöhlen nicht mehr und werden vermutlich in die Flusstäler ziehen.«

Forest schien die Erklärung plausibel.

Tom überlegte einen Augenblick. »Was hältst du davon, … auf eine Tour zu gehen? Vielleicht sogar in die Nähe eines Flusses?«

Forest riss die Augen auf.

»Dort könnten wir bestimmt den ein oder anderen Bären beobachten«, meinte Tom und schaute dabei zu Forest. »Aus sicherer Entfernung natürlich«, setzte er hinzu. »So eine Erkundungstour, das wärs doch! Findest du nicht?«

Forest war verwirrt. Allein bei der Vorstellung, in ein Bärengebiet zu gehen und dort zu campen, war ihm doch etwas mulmig zumute. Allerdings könnte so eine Tour auch unglaublich interessant werden, dachte er.

»Nicht ganz ungefährlich«, sagte er zögernd zu Tom, aber wenn ich dich anschaue, hast du dir bestimmt schon mehr Gedanken darüber gemacht … Genügend Proviant hätten wir ja für einige Tage …«

»Genau! Ich habe alles vorbereitet!«

»So, so, hast du«, entgegnete Forest. »Und wahrscheinlich weißt du auch, wohin wir gehen sollen.«

Tom nickte. »Ein gewisser Nervenkitzel gehört doch zu einer richtigen Bergtour dazu.«

Forest überlegte. »Sicherlich, aber …«

»Nichts aber. Wir haben uns auf so manche schwierige Tour begeben, was gibt es da zu überlegen?«

»Für dich ist das wohl beschlossene Sache. Na, ja … warum eigentlich nicht?«

»Dann lass uns anstoßen auf unsere neue Tour«, sagte Tom eilig, bevor Forest es sich noch anders überlegte.

»Abgemacht!«

»Abgemacht!«

Und beide glaubten, dass es ziemlich spannend werden würde.

Es dauerte nicht lange und Tom ruhte nach der anstrengenden Fahrt, während Forest sich über ihre Tour Gedanken machte. Im Moment fühle er sich im Schutz seiner Hütte jedoch um einiges wohler. Gemütlich lehnte er sich zurück und schloss die Augen.

Tom wachte nach einiger Zeit als Erster auf. »Na, bist du auch eingeschlafen?«

Forest, der mit einer leeren Bierdose und einem zufriedenen Lächeln tatsächlich eingenickt war, räumte dieses schnell wieder ein, als er von Tom an der Schulter heftig wachgerüttelt wurde.

»Komm zu dir. Wir haben eine Menge vor.«

»Was denn?«, fragte Forest gähnend, wobei er sich ein wenig aufrichtete.

»Wir müssen einiges vorbereiten, wenn wir morgen aufbrechen wollen.«

»Was?« Forest traute seinen Ohren nicht. »Morgen? Haben wir das so gesagt?«

»Warum sollen wir hier länger herumsitzen?«, meinte Tom.

»Na ja«, Forest schaute irritiert im Zimmer umher, als wollte er einen Grund finden, der sie von ihrem Vorhaben abhielt; zumindest einen Tag lang. Er fand aber keinen.

»Lass uns erst mal etwas essen«, sagte Tom, was für Forest schon viel vernünftiger klang. »So viele Vorräte hattest du in dieser Hütte seit langem nicht. Wenn ich dich nicht versorgen würde ...«

»Ja, ja«, unterbrach Forest.

»Erinnerst du dich noch«, Forest schwante Fürchterliches, »an diesen Fisch, auf den ich einmal ewig warten musste?«

Tom machte den Anschein, als wollte er genau das Fürchterliche erzählen.

»Damals bist du auch nach stundenlangem Angeln, ohne etwas gefangen zu haben, in dem Boot gehockt und seither konnte ich mir nicht vorstellen, dass es dich mal in die Wildnis zieht. An dem Tag war es aller-

dings schon so weit, dass ich mir das Essen bald eingebildet habe. Nur mein Magen leider nicht.«

»Du hast doch wohl niemandem erzählt, dass du die
Fische immer mitbringst?« Forest machte einen ernsthaft beunruhigten Eindruck.

»Keine Angst. Es würde mir sowieso keiner glauben,
dass ich einen „Aussteiger" regelmäßig versorge.«

Forest, dem solche Andeutungen immer unangenehm waren, schlich schnell in die Küche und musste
natürlich feststellen, dass tatsächlich alle Fische aus
dem Supermarkt stammten. Tom, der gleich darauf zu
ihm kam, griff zwei dieser Prachtexemplare und freute
sich auf eine gute Mahlzeit.

»Was meinst du Tom?« Forest schien die Gelegenheit günstig. »Sollen wir wirklich schon morgen aufbrechen?«

»Warum nicht? Es sei denn ...«,

»Ja?«

»... das Wetter würde sich verschlechtern, dann ver-
schieben wir das Ganze.«

Forest, der das Ganze bestimmt verschoben hätte,
ließ es erst mal auf sich beruhen.

Spät abends vergewisserte er sich, dass sie nicht auf
die Jagd, sondern auf eine Erkundungstour gehen wollten. Tom stimmte nickend zu, worauf sich Forest beruhigt schlafen legte.

Sonntag, 6 Uhr morgens

Das Morgengrauen hatte sich noch nie so schnell gezeigt. Forest fand, dass es um diese Uhrzeit viel heller war, als an den Tagen zuvor. Wahrscheinlich geht es um so schneller, je mehr man hofft, dass es ein wenig langsamer gehen soll, dachte er.

Die ganze Zeit in dieser Hütte gab es für ihn keinen vernünftigen Grund früh aufzustehen, jedoch heute schon. Irgendwie versuchte ihn Forest allerdings zu verdrängen, bis er eine halbe Stunde später wohl oder übel aus dem Schlafsack kroch. Er griff zu den Streichhölzern und zündete das Holz im Ofen an.

Alles war wie sonst, nur eins vermisste er.

Toms Anblick.

Zumindest hätte er ihn jetzt auf der Holzbank erwartet. Ohne einen weiteren Blick lief er völlig irritiert aus der Hütte heraus, um erst einmal nachzusehen, ob der Jeep noch da stand. Und es beruhigte ihn sichtlich, als er das Auto sah.

Tief atmete er die kalte Luft ein und hielt draußen

nach Tom Ausschau. Dieser lag unterdessen, nachdem ihm die Holzbank zu unbequem geworden war, zusammengekauert unter einer großen Decke in dem Holzsessel. Dabei war Tom allerdings entgangen, dass Forest ihn zu dessen Beruhigung ziemlich schnell entdeckt hatte und der sich jetzt zum Wachwerden einen Eimer kaltes Wasser über den Kopf goss. Nur das Geklappere hörte er.

»Na, bist auch wach?«, rief Forest ihm entgegen, als Tom die Decke von sich streifte. »Ich mache uns jetzt ein ordentliches Frühstück.«

Der Blick, den Forest an diesem Morgen aus dem Küchenfenster warf, wurde durch nichts erschüttert. Alles schien so zu sein wie immer; nur nicht das, was sie vorhatten. Ob das Frühstück oder das Verstauen der Vorräte in die Rucksäcke länger dauerte, blieb dahingestellt. Besonders Forest trieb es vor lauter Ungewissheit nicht gerade schnell aus seiner Hütte heraus. Bei Tom war es eher die Bequemlichkeit, die ihn daran hinderte, zu so früher Stunde schon aktiv zu sein.

Forest hämmerte zu Toms Verwunderung einige Bretter vor die Fenster. Dann zogen sie los.

Tom fuchtelte mit dem Kompass und der Karte herum und schien eine wahre Freude daran zu haben.

Den kleinen See ließen sie bald hinter sich, sodass Forest rasch einen Blick zurückwarf, sich aber beeilen musste, damit er Tom nicht aus den Augen verlor. Gern wäre er in seine Fußspuren getreten, besonders an den Stellen, an denen der Schnee höher lag, konnte dies aber nur springend schaffen, was ihm bei jedem Schritt deutlich machte, dass er der kleinere war.

»Auf die Dauer ziemlich ermüdend«, brummelte Forest vor sich hin und stapfte weiter.

»Ist alles okay?«, erkundigte sich Tom, als er Forests zerknirschten Blick sah.

»Ja, ja, lauf nur! Ich komm schon nach.«

»Wir werden zunächst ein Stück nordwestlich weitergehen«, erklärte Tom, als eine größere Steigung vor ihnen lag.

Forest war es mittlerweile ganz egal wohin sie liefen. Hauptsache, es ging nicht zu stark bergauf. Er hatte ohnehin Mühe, mit dem forschen Gang von Tom mitzuhalten, außerdem war er ständig damit beschäftigt, irgendwelchen Tannen und Dickichten ständig auszuweichen.

Die Sonne, die inzwischen herausgekommen war, ließ den Schnee funkeln und verpasste auch ihnen einen zufriedenen Gesichtsausdruck. Forest blieb kurz stehen und genoss die Wärme und Ruhe in diesem Moment besonders stark, da er kurz zuvor wegen eines plötzlich auftauchenden Elches mächtig zusammengezuckt war. Tom hatte dies zum Glück nicht bemerkt.

Nach einem, für beide ungewohnt langen Fußmarsch,

erreichten sie eine Anhöhe und entschieden sich, dort eine Rast einzulegen.

»Na, was ist?« Forest spürte ein paar kräftige Schläge auf seiner Schulter. »Schon aus der Puste?«

»Spiel dich nicht so auf! Schließlich haben wir schon ein ganzes Stück hinter uns und das mit dem schweren Gepäck.«

Tom hatte es bisher mit Erfolg ignoriert, aber beim Absetzen zwang es ihn doch spürbar in die Knie.

»Das hätte ich mir vor einer Woche nicht träumen lassen, mit dir auf so eine Tour zu gehen«, sagte Tom und nahm einen großen Schluck aus der Wasserflasche.

»Hoffentlich sagst du das auf dem Rückweg auch noch so entspannt«, zweifelte Forest.

»Bestimmt, aber wenn ich dich anschaue, muss ich eher aufpassen, dass du nicht die erstbeste Gelegenheit zum Umdrehen nützt.«

»Ich will dich sehen«, sagte Forest, »wenn der erste Bär vor deiner Nase auftaucht, aber lass uns bald aufbrechen, sonst kehre ich wirklich noch um. Mir tun die Füße jetzt schon weh.«

Forest streifte seine Schuhe über, dann zogen sie los. Tom legte keinen so forschen Schritt vor wie zu Beginn ihrer Wanderung. Erleichtert darüber, blieb Forest seinem Freund nun stets auf den Fersen, allerdings machte ihm das Bergaufsteigen allmählich zu schaffen und er schaute sich mehr und mehr nach einem Lagerplatz um.

»He Tom, was meinst du? Hier könnten wir doch unser Zelt aufstellen.«

Tom drehte sich überrascht um. »Was, denkst du jetzt schon ans Übernachten?«

Tom, dem dieser Gedanke nach dem anstrengenden Marsch nicht gerade ungelegen kam, zog sogleich die Karte aus der Jackentasche und beide suchten darauf dieses freie Stück vor dem großen Waldabschnitt.

»Wenn wir noch über diesen Hügel gehen«, meinte er, »dann geht es bergab und morgen wäre es bis zum Fluss nicht mehr weit.«

Das überzeugte Forest.

Als sie ihr Tagesziel erreicht hatten, lag ein schöner Platz vor ihnen.

»Hier schlagen wir unser Zelt auf«, entschied Forest, »und nachher können wir ohne Gepäck bis zu dieser Anhöhe vorlaufen, ob wir von dort vielleicht schon Sicht auf den Fluss haben.«

Tom, dem sein Kommando ein wenig zu entgleiten schien, stimmte schließlich murrend zu.

Beim Zeltaufbau waren beide ein eingespieltes Team. Forest fühlte sich im Schutz dieses Zeltes gleich wohler und es machte einen ziemlich stabilen Eindruck auf ihn. Sogleich kramte er aus dem Rucksack seine Videokamera hervor, filmte die Umgebung und schwenkte hinüber zu Tom, der intensiv die Karte studierte. »Schau her!«

Tom dehnte seine Mundwinkel kurz zur Seite und winkte in die Kamera. Eine weitere Aufnahme der vor ihnen liegenden Gebirgskette genügte Forest für den heutigen Tag und er hob sich die Videokassette »für spannendere Zeiten« auf, wie er meinte.

Danach holte er den letzten Rucksack in das Zelt hinein und setzte sich erschöpft auf seinen Schlafsack.

»Mach es dir nicht allzu bequem!«, hörte er Tom rufen. »Wir wollen doch ein kleines Stück vorlaufen, solange es noch hell ist, aber lass uns vorher etwas essen.«

Nach einer kurzen Pause gingen beide los, gestärkt und ohne ihr Gepäck, das sie gut verstaut im Zelt zurückließen. Als sie die Anhöhe erreichten, bot sich ihnen ein weiter Blick auf ein schönes Flusstal, in das die Männer morgen hinabsteigen wollten.

Eine Zeit lang blieben die beiden an diesem Platz und beobachteten die Gegend, konnten aber keinen Bären entdecken und waren insgeheim, der bevorstehenden Nachtruhe wegen, auch ganz froh darüber. Besonders Forest.

Die Dämmerung brach schnell herein und die Männer beeilten sich, zu ihrem Lagerplatz zurückzulaufen. Dieser Tagesmarsch hatte beide, ohne dass es einer zugegeben hätte, doch ziemlich mitgenommen und so lagen sie bald schachmatt in ihren Schlafsäcken. Selbst Tom war auffallend schnell ruhig geworden.

Nichtsahnend, dass die Bärin mit ihren zwei Jungen nicht weit entfernt die Gegend durchstreifte und auf dem nahegelegenen Hügel einen sicheren Ruheplatz suchte, schliefen sie vollkommen erschöpft ein.

Montag, 6 Uhr morgens

Der feine weiße Schnee, der sich über Nacht fast verdoppelt hatte und in der Morgendämmerung die Gegend auf ganz neuartige Weise erhellte, war für die kleinen Bären immer wieder aufregend. Die Neugier ließ sie nicht länger ruhen und so wackelten sie ein wenig müde umher. Sie gähnten, schüttelten sich mehrmals und stupsten die Bärenmutter, damit sie aufwachen sollte. Sie ließ sich nicht drängeln und legte mit einem leisen Knurren den Kopf auf die Vorderpfoten. Mit ihr war also im Moment nicht zu rechnen.

Prüfend schnüffelten die Kleinen den Schnee ab, bis sie entschlossen hineinbissen und ihre Köpfe immer tiefer darin vergruben. Überrascht von der feuchten Kälte zuckten sie gleich wieder zurück und piepsten dabei vor Aufregung. Gegenseitig umschlossen sich die Bären mit ihren Pfoten und leckten sich den restlichen Schnee von der Nasenspitze. Irgendwie schien dieses weiße Etwas aber auch wie von selbst auf ihrem Fell zu verschwinden, was die Kleinen mit weit aufgerissenen Augen verfolgten, aber dennoch nicht begreifen konnten.

Genau genommen machte sie dieser Schnee ganz verrückt und sie schnüffelten immer hektischer mit ihren kleinen Nasen. Um sich zu beruhigen, drückten sie sich eng aneinander.

Schon mutiger, als vor ein paar Tagen, wälzten sich die Bärenjungen heute das erste Mal so richtig im Schnee. Dabei merkten sie gar nicht, wie sie allmählich den kleinen Hügel runter rutschten und rollten. Sich heftig schüttelnd, mussten sie mit einem Mal feststellen, ziemlich weit heruntergepurzelt zu sein. Sie piepsten, verstummten jedoch schnell, als sie vor ihren Augen einen nicht zu identifizierenden, großen Gegenstand sahen. Eng umschlungen schnüffelten sie heftig und spitzten ihre Ohren.

Nie zuvor waren sie so einer Situation ausgesetzt gewesen. Mit einem leisen »HAWW, HAWW«, riefen sie nach ihrer Mutter. Dennoch neugierig, tapsten sie auf dieses unbewegliche Ding zu. Plötzlich stoppten sie, da ihr Instinkt sie daran erinnerte, alles Neue genaustens zu beobachten, um zu sehen, ob es genauso freundschaftlich reagierte. Dieses graugrüne Etwas reagierte aber überhaupt nicht. Vorsichtig wurde es weiter schnüffelnd untersucht. Der Stoff war genauso kalt wie der Schnee, nur härter und nicht so feucht. Allerdings schmeckte er genauso fad. Mit aufgerissenen Augen schnüffelte das eine Bärchen in der Nähe des Reißverschlusses, der sich im Wind hin und her bewegte. Das andere blieb dicht bei ihm und knurrte leise. Im Innern schien sich irgendetwas zu bewegen.

Zur gleichen Zeit wachte Forest als Erster auf, konnte sich aber nicht gleich zurechtfinden und brauchte eine Minute, bis sein Verstand folgte.

Tom schlief.

Forest streckte sich ein wenig und krabbelte dem Zelteingang entgegen. Langsam öffnete er den Reißverschluss und steckte vorsichtig seinen Kopf nach draußen.

Diese feuchte Wärme ...

Forest riss die Augen auf.

Erstarrte.

Schleck!

Eine warmes Maul schleckte über Forests Nase.

Zwei Augen schauten ihn an.

Sie waren braun.

Es waren nicht die von Tom.

Tom schlief noch.

Eine Handvoll Braunbär schleckte da über sein Gesicht.

»AAAAAAAAAAAAAAHHHHHHH!!!!!«

Forest zuckte zurück.

Unter heftigen Armbewegungen fiel er nach hinten.

Das Zelt mit ihm.

Tom, auf den alles zusammenfiel, schreckte auf und schrie aus lauter Solidarität und vor Schreck, da er gar nicht wusste, was los war. Er schüttelte seinen Kopf in der Hoffnung, dass dies doch besser ein Traum sei.

Forest erhob sich und versuchte sich irgendwie von dem Zelt zu befreien.

Beide wühlten hektisch umher.

Währenddessen hockten die kleinen Bärchen zitternd hinter einem Gebüsch, nachdem sie bei Forests Aufschrei einen kräftigen Satz nach hinten gemacht hatten und nun neugierig das unförmige, in sich zusammensackende Zelt beobachteten.

Forest, der als Erster zum Vorschein kam, schaute zu den verwirrten, sich ängstlich umschauenden kleinen Bärenjungen. Fast musste er bei diesem Anblick lächeln. Die Angst, die in diesen kleinen Kerlen steckte, übersah er dabei nicht. Unbewusst streckte er ihnen seine geöffnete Hand entgegen.

Tom, der sich ebenfalls nach vorne wühlte, traute seinen Augen nicht und hoffte nur, dass dies alles nicht wahr wäre. Verständnislos schaute er auf seinen Freund, der anscheinend in der gleichen Weise wie die zwei kleinen Bären seinen Kopf bewegte. Langsam drehte sich Tom um und sah gebannt hinüber zu den Tannen, ob sich dort etwas bewegte oder ob womöglich bereits hinter ihnen eine Gefahr lauerte.

»Um Himmels willen«, flüsterte Tom Forest ins Ohr,

»wenn du so weitermachst, haben wir bald die halbe Verwandtschaft von den Bären hier stehen. Die sind doch nicht allein unterwegs!«

Forest wollte anscheinend nicht hören.

Die Bärenjungen blieben in Deckung, schnüffelten aber mit nach vorne gestreckten Köpfchen seiner Hand entgegen, die sich langsam mit kleinen Schneeflocken füllte und begannen jetzt lauter »HAWW HAWW« zu rufen.

»Jetzt reicht's!«, zischte Tom von hinten in Forests Ohr. »Wenn du so weitermachst, hört der Spaß bald auf.«

Die Kleinen wendeten plötzlich ihren Kopf, als sie weiter oberhalb laute Rufe der Bärenmutter hörten, stellten sich kurz auf ihre Hinterbeinchen und liefen zielstrebig den Hügel hinauf, sodass Forest sie schnell aus den Augen verlor.

Tom hatte diese Laute ebenfalls vernommen. Sie waren im Gegensatz zu den Rufen der Kleinen furchterregend.

»Hast du das gehört, wir müssen sofort von hier verschwinden!«

In Panik erhob sich Tom so schnell, dass er dabei einen Teil des Zeltes mit hochzog, was selbst einen ausgewachsenen Bären wahrscheinlich zum Abhauen veranlasst hätte. Der Schnee auf dem Zelt fiel dabei auf Forest herunter.

»Was machst du denn! Jetzt sind die Kleinen ganz verschwunden. Hast du sie überhaupt gesehen? Die sahen ja aus wie kleine Wollknäuel.«

»Hör auf herumzuspinnen oder hast du das Gebrüll von dort oben schon vergessen? Los schnell, lass uns alles zusammenpacken!«

So langsam kapierte auch Forest, dass es für sie bald ganz schön ungemütlich werden könnte und stopfte alles hektisch in die Rucksäcke.

Dann verschwanden beide schleunigst von diesem Platz.

Tom schaute immer wieder die Gegend mit dem Fernglas ab, während wie bergabwärts liefen.

»Und, siehst du die Bären?«

»Frag nicht! Ich werde es dir schon sagen.«

Forest hielt besser seinen Mund und tastete nach seinem Gewehr, um es sicherheitshalber immer parat zu haben.

Dass sie währenddessen von der Bärenfamilie weiter oberhalb des Waldes beobachtet wurden, bemerkten die Männer nicht; trotz des Fernglases.

Es war auch wohl besser so, denn oben auf dem Felsen standen sie nun; zu dritt und in aufrechter Pose. Allein ihr Erscheinen im Fernglas hätte Tom und Forest in erhöhte Aufregung versetzt. Glücklich, dass sie wieder beisammen waren, genügte es der Bärin, die Männer von oben mit einem wachsamen Blick zu beobachten. Schließlich wollte sie niemanden durch irgendeine Aktion gefährden. Die Bärenjungen waren wohlauf, zwar total verängstigt, aber sie würden sich schnell wieder beruhigen. Dennoch prägte sich die Bärenmutter die Gesichter von Tom und Forest gut in ihrem Gedächtnis ein.

Die Kleinen ebenfalls.

Mit Besorgnis beobachtete die Bärin jedoch, dass die Männer in Richtung Fluss unterwegs waren. Dieses war IHR Gebiet und es sollte nur ungern mit jemandem geteilt werden; auch nicht mit den beiden.

***

Nachdem die Sonnenstrahlen in den letzten Tagen kräftiger geworden waren, hatten die Bären endgültig ihr Winterquartier verlassen und waren bergabwärts gezogen.

Da der Marsch die letzten Kräfte der Bärin geraubt hatte, war sie völlig erschöpft am Fluss angekommen. Es beruhigte sie allerdings, keine anderen Bären in diesem Gebiet gesehen zu haben. Bevor sie versuchte, eine schnelle Beute im Fluss zu machen, vergewisserte sie sich jedoch, ob alles ruhig war und drängte die Kleinen an einen geschützten Platz, an dem sie beide gut beobachten konnte. Sie sollten lernen hierzubleiben, solange die Bärenmutter fischte. Dann ging sie ein paar

Schritte zum Wasser, drehe sich kurz um und als die beiden eng zusammengedrückt an ihrem Platz sitzen blieben, lief sie ganz ins Wasser.

Tatsächlich hatte sie nach ein paar ungeschickten und zu heftigen Versuchen doch einige kleinere Fische gefangen und lief rasch zu den aufgeregt piepsenden Jungen an Land zurück. Diese hatten alles aufmerksam beobachtet. Bei ihnen würde es wahrscheinlich noch eine ganze Weile dauern, bis sie das gelernt hätten.

***

Das kleine Flusstal hielt Tom schon von weitem für »ein ideales Bärenparadies.« Das glasklare Wasser plätscherte kräftig um die zum Teil größeren Steine inmitten des Flusses. Auch zeigte sich das erste Grün am Ufer und es konnte nicht mehr lange dauern, bis der Schnee endgültig verschwunden war. Tom glaubte mit dem Fernglas einige aufspringende Fische in der Strömung um den Felsen gesehen zu haben.

»Jetzt wird bestimmt bald der erste Bär hier aufkreuzen«, meinte er.

Forest kam schon bei diesen Worten ins Stolpern.

Tom spürte plötzlich neben sich wilde Bewegungen, mal eine Hand, mal ein Bein, ihn schneller als gewollt überholen. Er konnte Forest nicht gleich erwischen, um ihn festzuhalten.

»Hey, halt an, oder hast du es auf eimal so eilig den Bären beim Fischen zuzusehen?«

»Autsch!« Forest war letztendlich froh, dass er durch einen Baum abrupt gebremst wurde, rieb sich aber eine ganze Weile danach seine Stirn und sein Knie.

Am Fluss angekommen gab es für Tom keinen Halt mehr. Rucksack, Schuhe und Socken flogen beiseite, er krempelte die Hose hoch und lief ins Wasser, als wenn er nach der Aufregung und dem schnellen Marsch dringend eine Abkühlung brauchte.

»Wow …wow, wow …«

Toms Freudenausbrüche, vielmehr jedoch sein Geschrei aufgrund des eiskalten Wassers, konnte man wahrscheinlich meilenweit hören. Forest hoffte, dass dies den ein oder anderen Bären nicht allzu sehr erschrecken würde. Ihm hingegen reichte es, sich kaltes Wasser ins Gesicht zu spritzen, was er auch schnell wieder aufgab.

»Schau doch!«, jubelte Tom. »Die Fische kann man hier ja mit der bloßen Hand fangen. Wär das nicht was für dich? Vielleicht solltest du es hier mal probieren, anstatt stundenlang in deinem „Tümpel“ zu angeln.«

Forest reagierte nur mit einem Kopfschütteln.

»Gleich hab ich einen!«

Immer aufgeregter fuchtelte Tom mit seinen Händen im Wasser herum.

»Ist wohl doch nicht so einfach?«, rief Forest hinüber

und hoffte, dass Toms Angelergebnis gleich Null bleiben würde.

»Wart's nur ab!« Tom zuckte ebenso sehr wie der Fisch, sprang einige Male von Stein zu Stein, trat dabei knapp daneben, bemühte sich verstärkt um mehr Halt, rutsche aus und landete im Wasser. Genauso schnell war er auch wieder draußen.

»UHAAA ... verdammt!«

Forest konnte seine Kamera nicht so schnell finden und es ärgerte ihn maßlos, diese Aktion nicht aufgenommen zu haben. Sogleich verkniff er sich ein amüsiertes Lächeln, als sich Tom mit bitterer Miene triefend an Land bewegte und rannte lieber los, um Holz für das Feuer zu sammeln, ehe Tom ungemütlich wurde.

Und er konnte sehr ungemütlich werden.

Tom wühlte ärgerlich in dem Rucksack herum und griff nach dem erstbesten Pullover. Forest mühte sich unterdessen mit dem Feuer und legte nebenbei die Sachen zum Trocknen auf dicke Äste. Mit größerem Eifer kramte er Campinggeschirr und Dosen heraus und war zunehmend in seinem Element; was auch Tom sichtlich zufriedener stimmte.

***

Obwohl die Bärenfamilie bisher früh morgens aus dem Wald an den Fluss heruntergekommen war, konnte sie heute erst später losziehen. Schließlich galt es, zuerst die Kleinen wegen ihrem ungewollten Alleingang zu beruhigen und dazu blieb die Bärin mit ihnen ein Weilchen an ihrer sicheren Stelle. Die Kleinen wurden gesäugt, lagen bald kreuz und quer übereinander und hielten ein kleines Nickerchen. Ein wenig waren sie immer noch verschreckt und sie zuckten bei lauteren Geräuschen ängstlich zusammen. Bald aber drängte es die Bärin zum Fischfang und alle drei machten sich zügig auf den Weg.

Am Fluss angekommen, stellte sie sich besonders aufmerksam auf ihre Hinterbeine und beobachtete die Gegend. Ebenso die Bärenjungen. Auch sie bemühten sich, möglichst lange stehenzubleiben, was ihnen mehr oder weniger gut gelang. Zu eifrig schnüffelten sie wild um sich, wodurch die Kleinen immer wieder das Gleichgewicht verloren.

Trotz allem, was heute morgen passiert war, musste die Bärin ihren Nachwuchs jetzt allein an Land zurücklassen, um im Fluss die Fische zu fangen. Zwar würde sie sich nicht allzu weit entfernen, für die Jungen war es allemal eine ziemlich stressige Situation.

Um sie herum schien alles ruhig zu sein. Ein weiteres Mal vergewisserte sich die Bärin. Die Bärchen ebenfalls. Zu deren Beruhigung waren die zwei unbekannten Gestalten von heute morgen nicht an diesem Ort zu sehen. Dicht saßen die Kleinen beisammen und verhielten sich ruhig, während die Bärenmutter zu ihnen unmissverständlich brummte, sich nicht vom Fleck zu rühren. Die Jungen kuschelten sich daraufhin noch enger aneinander und warteten gespannt auf das, was jetzt passieren würde.

Mit einem gewaltigen Satz sprang die Bärin zum Erstaunen der Kleinen in den Fluss und wirbelte kräftig mit ihren Pranken durch das Wasser, um vielleicht so, ohne große Anstrengung, einen Fisch zu ergattern.

Fehlanzeige.

Nun versuchte sie die Fische an eine seichte Stelle zu treiben. Sichtlich nervös, da sie heute noch nichts ausreichendes gefressen hatte, sprang sie auf zwei Fische, von denen sie tatsächlich einen in ihren Vorderpfoten festhielt und mit den Krallen auf den Flussboden drückte. Gierig schnappte sie danach und fraß ihn mit großen Bissen. Erneut tauchte die Bärin ihren Kopf unter Wasser und kam einige Sekunden später mit einem größeren Brocken im Maul wieder hoch. Unter den aufgeregten Blicken der Kleinen trug sie diesen an Land, warf ihn mit einem Schwung den beiden zu und knurrte zufrieden über die verdiente Mahlzeit. Allerdings nahm sie sich zum ausgiebigen Fressen nicht viel Zeit, um gleich wieder ins Wasser zurückzugehen. Schnell sprang die Bärin mit einem Satz auf eine Stelle im Fluss, an der sie mehrere Fische gesehen hatte, erwischte jedoch keinen von ihnen, verfolgte sie weiter kreuz und quer, bis sie schlussendlich aufgab. Die Bärenjungen fraßen unterdessen den restlichen Teil der Mahlzeit und leckten sich danach gegenseitig ihre Mäulchen.

Einen Moment blieb die Bärin regungslos stehen, warf einen Blick in die Umgebung von den Kleinen, bevor sie zielstrebig auf einen etwas weiter entfernten Felsen zuschritt. Kurz drehte sie sich nochmals um, ob alles in Ordnung war. Eifrig bellten ihr die Bärchen mit einem kurzen »AWW, AWW« zu, dann kletterte die Bärin auf den kleineren Felsen. Hier ließ sie sich Zeit und wartete ab, bis einige Lachse den kleinen Wasserfall flussaufwärts springend zu überwinden versuchten. Fast aus dem Stand mit leicht geöffnetem Maul schnappte sie nach den Fischen. Zum Erstaunen der Kleinen hatte sie relativ oft einen Treffer und es imponierte ihnen mächtig. Gierig stürzte sich die Bärin auf jeden herumwirbelnden Fisch, da ihr Hunger noch lange nicht gestillt war.

Die zahlreichen, für die Kleinen zunächst aufregenden Fangversuche, wurden jedoch mit der Zeit ein wenig eintönig und sie begannen, sich durch gegenseitiges Stupsen und mit leichten Prankenhieben ein wenig zu ärgern. Später rauften sie schon energischer.

Immer, wenn sich die Bärin den Fischen auf der Rückseite des Felsens zuwandte und die Jungen sie nicht mehr sehen konnten, machten sie sich laut bemerkbar, bis die Bärenmutter ihnen antwortete. Danach waren sie wieder beruhigt. Am liebsten hätten die Kleinen selbst gerne Fische gefangen, waren aber noch viel zu ängstlich und ungeschickt dazu.

Ihr Spiel verkürzte die Wartezeit, wobei sie nur aufpassen mussten, sich nicht weiter vom Platz zu entfernen. Vor lauter Eifer purzelten sie oft unter- und übereinander. Mit Vorliebe aber testeten die jungen Bären ihre Kräfte, indem sie ihre kleinen Pfoten gegenseitig auf die Schulter legten und sich wegzudrücken versuchten. Auch wenn sie dabei ihre kleinen Zähnchen zeigten, veranlasste das den Gegner höchstens ihm die Schnute abzulecken.

***

Die Bärin stapfte gemächlich durch das Wasser auf die Kleinen zu. Sie wollte ihr Jagdrevier verlagern, aber vorerst die Jungen weiter unterhalb an einen sicheren Platz führen. Im dichten Gefolge von den Bärchen schritt sie langsam und wachsam am Ufer entlang, ungeahnt, dass sie sich nun Schritt für Schritt auf Tom und Forest zubewegte.

Geschützt durch einen breiten, aber nicht allzu hohen Felsen, saßen die Männer außer Sichtweite der Bären.

Heftige Windböen hinderten die Bärin daran, Witterung aufzunehmen und so ging sie relativ gelassen vor den Jungen her und hielt Ausschau nach einem sicheren Platz. Am meisten beruhigte sie, dieses Jagdrevier nicht mit anderen Bären teilen zu müssen, was nur zusätzlichen Stress für sie und die Jungen bedeutet hätte.

Bald war für die Bärenfamilie ein, vom dichten Gebüsch geschützter Platz vor einem großen Felsen in Sicht, ohne dass Tom und Forest etwas davon mitbekommen hätten. Die Bärin leckte den Jungen mehrmals über die Schnuten, säugte sie und hielt mit ihnen ein kleines Nickerchen, bis sie wieder ins seichte Wasser lief. Die Kleinen hingegen legten ihre Köpfe auf die Vorderpfoten und ruhten ein wenig länger.

Die Bärin lief im Moment ruhig durch das Wasser, setzte nur ab und zu zum Sprung an, um sich auf einen vorbeiziehenden Fisch zu stürzen. Die Jungen beobachteten dies mit halb geöffneten Augen, schauten aber mit zunehmendem Interesse zu den Zweigen und kleineren Ästen, die ans Ufer gespült und in der leichten Strömung sanft hin und her bewegt wurden. Nichts interessierte sie im Augenblick mehr und beide tapsten vorsichtig ein paar Schritte zum Wasserrand. Mit vorgestreckten Köpfchen wurden die kleinen Äste beschnüffelt, mit den Vorderpfoten betastet und als nichts Ungewöhnliches passierte, patschten beide schon energischer auf ihnen herum. Übermütig schüttelten sie das aufspritzende Wasser von ihren Köpfen ab. Ein Bärchen versuchte mit seinen kleinen Pfoten einen Ast zu ergattern, hielt ihn ganz fest, beschnüffelte ihn sorgfältig und begann, genüsslich an ihm herumzuknabbern. Schon mutiger bestieg das andere einen dickeren Baumstamm, der sich unter dem Gewicht sogleich ins Wasser neigte. Der Kleine ließ sich nicht beirren, wackelte ein wenig ungeschickt auf ihm herum, rutschte plötzlich mit den Pfoten ab und saß breitbeinig auf dem Stamm. Verschreckt purzelte er herunter, schüttelte sich und raste dem anderen Bärchen hinterher, das ein paar dünne Zweige an ihren Platz schleppte.

Während die Jungen am Ufer spielten und neugierig die Äste untersuchten, saßen die Männer zufrieden nach einer warmen Mahlzeit am Lagerfeuer. Selbst Tom hatte darüber hinaus seine ungeschickte Wasserakrobatik vergessen, die eigentlich mehr ein Fischfangversuch sein sollte. Einzig und allein die nassen Sachen rund um das Feuer erinnerten ihn unangenehm daran. Tom dachte zu diesem Zeitpunkt mehr ans Ausruhen, als mit dem Fernglas die Gegend zu beobachten und Forest war froh, nichts unnötig Aufregendes um sich herum zu sehen und zu hören und wollte auch nicht weiter nachforschen.

Einzig die jungen Bären interessierten sich für die nähere Umgebung. Hier wuchsen bereits Gräser und Blütenknospen, die sich schnell in den warmen Sonnenstrahlen entwickelten. Der Schnee wurde langsam aber sicher in die Berge zurückgedrängt. Die Kleinen genossen diesen Tag und ließen sich den warmen Wind um die Nasen wehen, während die Bärenmutter eifrig fischte. Mit großen Schritten zog sie durch das Wasser und setzte zum Antreiben der Fische an. Sie wollte sie zum Ufer drängen, um sie im niedrigeren Wasser leichter zu fangen. Den Kleinen gefiel das. Endlich war es am Fluss wieder lebhafter. Neugierig liefen sie ans Ufer, um selber zwischen den kleinen Baumstämmen nachzusehen, ob dort vielleicht einige Fische waren, die sie leicht an Land ziehen könnten. Mit ihren Pfoten drückten die beiden die Hölzer auseinander.

Leider keine Aussicht auf einen Treffer.

Besonders ein Bärenjunges versuchte es immer wieder, wobei sich seine Aufmerksamkeit mehr auf die dickeren Baumstämme am Rande eines großen Felsens richtete. Vorsichtig tapste es auf sie zu und traute sich sogar ein wenig weiter um den Felsen herum. Aufgeregt hielt es plötzlich inne, als leise Stimmen zu hören waren und sprang schleunigst wieder zurück. Seine Aufregung blieb dem anderen Bärchen nicht verborgen, es eilte herbei und sie drückten ihre Köpfe dicht aneinander.

Für kurze Zeit blieb alles ruhig.

Die Kleinen machten sich vorsichtshalber lang, so wie sie es gelernt hatten, schnüffelten aufgeregt, bis wieder etwas zu hören war. Es reizte sie, die Laute ausfindig zu machen und beide reckten nochmals ihre Köpfe, konnten aber weder etwas Genaueres sehen oder erschnüffeln. Unter höchster Anspannung tapsten sie mutig einige Schritte um den Felsen herum.

Forest, der gerade das restliche Proviant verstaute, bemerkte die kleinen Bären nicht gleich. Erst beim Zuziehen des Rucksackes schaute er nach vorne und hielt plötzlich in der Bewegung inne. Er traute seinen Augen nicht. Forest kniff sie kurz zusammen, um sich ganz sicher zu sein, dass er nicht träumte. Lieber hätte er jetzt an seinem Verstand gezweifelt, als zu glauben, was er da sah. Nicht, dass ihm das überraschende Auftauchen dieser kleinen Bärchen in Schrecken versetzt hätte, vielleicht ein wenig, nur lief ihm bei der Ungewissheit über das, was sich vielleicht hinter dem Felsen abspielte, ein gehöriger Schauer über den Rücken.

Unfähig, etwas zu sagen, ließ er den Rucksack los.

Er konnte es nicht fassen.

In der Tat, seitlich des Felsens schauten ihn zwei ängstlich schnüffelnde kleine Bären mit weit aufgerissenen Augen und dicht aneinander gedrückten Köpfchen an. Vor Aufregung begannen beide leicht zu knurren. Forest vernahm jetzt ein leises »HARR, HAR, HARRR«, wobei sie energisch ihre kleinen Zähnchen zeigten, was sie zuvor nur ein paar Mal im Spiel erprobt hatten. Den gewünschten Erfolg hatte dies jedoch nicht; es schüchterte Forest keineswegs ein. Eher konnte er sich dem Reiz dieser niedlichen Geschöpfe nicht entziehen und sein Gesicht zeigte ein kleines Lächeln, wobei er seine halb geöffnete Hand den Kleinen entgegenstreckte und deren Aufmerksamkeit auf sich zog.

Tom hatte bis jetzt nichts bemerkt. Er lehnte mit dem Rücken am großen Rucksack und war kurz eingenickt. Es dauerte allerdings nicht lange, bis das aufregender werdende Geknurre hinter ihm in seine Ohren drang.

Tom wachte auf, schaute zu Forest.

Forest beobachtete Tom.

Er wusste nicht, wie sein Freund reagieren würde, hätte er erst einmal die Kleinen entdeckt.

Sekunden später hatte er es getan.

Tom packte das Gewehr, das er immer griffbereit hatte. Er sagte kein Wort.

Forest bewegte sich nicht und sah beunruhigt, wie Tom das Gewehr entsichern wollte.

Nichtsahnend, was passieren würde, lauerten die kleinen Bären weiterhin gebannt, schauten sich aber ängstlich nach der Bärenmutter um, die in diesem Augenblick in einiger Entfernung den Fischen hinterherjagte.

Forest behielt alle im Auge.

Besonders Tom.

Ganz besonders sein Gewehr.

Tom sprang plötzlich hoch. Mit dem Gewehr in der

Hand fuchtelte er aufgeregt in der Luft herum, um die kleinen Bären schnellstens zu verjagen.

»Hey, hey!«

Aus lauter Angst, dass Tom doch auf die Kleinen schießen würde, stürzte Forest in Panik auf ihn und riss an dem Gewehr, um es zu bekommen.

Die Bärenjungen türmten.

»Was soll das?«, schrie Tom.

»Nicht schießen!«

»Ich schieße auch nicht! Verdammt, nimm die Hände weg, sonst löst sich wirklich noch ein Schuss!«

Die Männer schauten zum Felsen.

»Hol dein Gewehr, Forest! Mach schon! Wer weiß, was hinter dem Felsen los ist!«

Tom hangelte sich vorsichtig am Fels empor, während Forest seitlich herumschlich. Von den kleinen Bären war außer ihren Spuren nichts mehr zu sehen.

Alles ist ruhig, dachte Tom, traute aber der Stille nicht. Schließlich konnte jederzeit die Bärin aufkreuzen. »Siehst du was?«, flüsterte er Forest zu, der voller Anspannung am Felsen klebte.

»Nein«, antwortete er und meinte, dass es die Bären von heute morgen sein könnten, die vielleicht auch jetzt allein unterwegs waren.

»Unsinn!«, sagte Tom kopfschüttelnd. »Dafür sind sie viel zu klein. Außerdem scheinst du schnell das Gebrüll der Bärin aus dem Hintergrund vergessen zu haben. Die ist mit Sicherheit hier irgendwo.«

Forest hörte gar nicht recht hin. Seine Neugier, herauszufinden, wo die Kleinen geblieben sind, war stärker als seine Vorsicht und er lief unter höchster Anspannung einige Meter vorwärts, schaute irritiert in die Umgebung und untersuchte das umliegende Gebüsch.

»Was machst du denn!«, rief Tom entsetzt. »Bleib hier!«

Forest ging unbeirrt einige Schritte weiter.

Von der Bärin war weit und breit nichts zu sehen oder zu hören und so fühlte er sich einigermaßen sicher.

Inzwischen glaubte auch Tom, dass die Bären verschwunden waren. Wäre die Bärenmutter noch in der Nähe, dachte er, hätte sie sich längst bemerkbar gemacht. Allerdings wollte es nicht in seinen Kopf, dass die noch sehr jungen Bären allein in dieser Wildnis unterwegs waren oder sich so weit von der Mutter entfernt hätten.

Die Bärin war durch ihre ständigen Tauchmanöver zu sehr abgelenkt, um die Männer in dem Augenblick zu bemerken und verdeckt von größeren Steinen in der Mitte des Flusses, für die beiden nicht erkennbar.

Die kleinen Bären hockten unterdessen verängstigt im nahegelegenen Gebüsch, aus dem ihre piepsenden Laute jetzt zu Forest drangen.

Tom sah beunruhigt, wie sein Freund das Gewehr beiseite legte und langsam in gebückter Haltung zu den Sträuchern schlich.

»Hey ihr beiden, koooooommmmmmmmmmt.«

»Lass sie in Ruhe!«, rief Tom.

»Sei ruhig! Du verscheuchst die Kleinen nur.«

Forest konnte die zwei ganz deutlich erkennen und blieb vor ihnen hocken.

Tom schaute unterdessen unter Hochspannung die Gegend ab. Das einzig Ungewöhnliche, was er dabei sehen konnte, war ein völlig unbekümmerter Forest, der, inzwischen halb am Boden liegend, vor irgendeinem Dickicht unidentifizierbare Worte stammelte.

Das darf nicht wahr sein, dachte Tom zunehmend entnervt.

»Ruhig, ganz ruhig«, hörte er Forest jetzt flüstern.

»Was ist jetzt? Komm!« Tom wurde allmählich ungeduldig.

»Sei still!«, fuhr Forest ihn schroff an.

»Wenn du dort bleibst, passiert noch ein Unglück!« Tom war fassungslos.

»Hey Kleine hhhhmmmmmmmmm.«

Tom stockte der Atem.

Sekundenlang wünschte er, dass alles nicht wahr wäre.

Dabei fiel sein Blick auf den Fluss.

Solange, wie er durch Forest und die kleinen Bären

abgelenkt war, hatte er nur kurz geschaut.

Leider.

Jetzt schaute er, nur nicht mit der sich einstellenden Beruhigung.

Wie versteinert starrte er nach vorne.

Seine Stirn fing an zu glänzen.

Alles in ihm bebte.

Forest bemerkte von alledem nichts.

Dort stand sie.

Mächtig.

Ebenso festverankert wie Tom.

Nur größer, als Tom es sich je vorgestellt hatte.

Ihre Blicke schienen sich zu treffen.

Die ausgewachsene Braunbärin forderte Toms ganze Aufmerksamkeit geradezu heraus. Mit halbgeöffnetem Maul stand sie jetzt auf ihren Hinterbeinen.

Während Tom vollkommen auf die Bärin fixiert war, hatte Forest sie, immer noch am Boden kauernd, aus dem Augenwinkel heraus bemerkt.

Forest drehte seinen Kopf blitzschnell herum.

Er schaute.

Bewegungslos.

Im gleichen Moment ergingen markerschütternde Laute zur Einschüchterung des Gegners auf beide nieder, die ihre Wirkung nicht verfehlten.

Forest stieß einen erlösenden Angstschrei aus, der ihn schnell zur Besinnung brachte, die kleinen Bären aber in Panik versetzte. Mit einem unerhörten Schub an Energie stürzte Forest auf und damit ein Stück weit auf die beiden zu, die gleichermaßen vor Schreck mit einem Satz aus dem Gebüsch sprangen und zum Felsen liefen.

Forest stürmte ebenfalls dorthin.

Erschrocken, dass er jetzt zwischen ihnen und der Bärenmutter stand, rannten die Kleinen Schutz suchend weiter um den Felsen in Richtung Wald.

Tom sah erst die Bärenjungen, dann Forest, der, was das Zeug hielt, blitzschnell in den Wald rannte, den Kleinen hinterher. Tom wollte ihnen nach, zögerte eine Sekunde, starrte mit aufgerissenen Augen die Bärin an, die, mächtig aufgerichtet, anscheinend nur ihn im Visier hatte. Mit dem Gewehr in der Hand wagte er dennoch nicht auf sie zu schießen.

Mit heftigem Gebrüll und kräftigen Bewegungen setzte die Bärin zum Ansturm auf ihn an.

»OOOuuuuaaaaaahhh«, hörte Forest Tom von weitem schreien, schaute sich kurz um, sah, wie Tom ihm nachstürmte und rannte selber weiter in die Richtung der kleinen Bären.

Tom schaute sich auch um, was er besser nicht getan hätte. Er stolperte, hangelte sich wieder hoch und verlor dabei sein Gewehr, als er die Bärin beängstigend nah hinter sich sah. Mit all seinen Kräften rannte er wie noch nie in seinem Leben, verfolgt von einem Bären.

Tom schrie nach Forest.

Forest schrie zurück.

Vor ihm sausten die kleinen Bären, die sich immer wieder nach der Bärenmutter umschauten, genau wie alle anderen. Diese wollte einzig und allein zu ihren Jungen, jedoch liefen Forest und Tom zwischen ihnen.

Die Bärchen drehten plötzlich um.

Geradewegs rannten sie auf Forest zu, trauten sich aber nicht an ihm vorbei und liefen zur Seite weiter.

Forest erschrak fürchterlich und drehte ebenfalls ab. Er achtete darauf, die Kleinen nicht aus den Augen zu verlieren, da er glaubte, sie würden sich hier besser auskennen.

Tom folgte ihm.

Ebenso der große Bär allen vieren.

Für alle war diese Verfolgungsjagd ganz furchtbar, nur konnte sie jetzt niemand stoppen.

Wenn doch die Kleinen zur Bärenmutter rennen würden, dachte Forest, würde sie sich vielleicht beruhigen. Nur kam ihm nicht der Gedanke, dass er und Tom ihnen dabei im Wege waren.

So langsam verließen den Männern die Kräfte.

Die Bärin kam näher.

Tom keuchte ganz furchtbar.

Forest stoppte.

»Wo sind die kleinen Bären?«, rief er entsetzt.

»Lauf doch!«, schrie Tom ihn an, der jetzt auf gleicher Höhe war und völlig aufgelöst auf ein Felsmassiv starrte, das sich auf einer Lichtung vor ihnen auftat.

Die Bärin schien unerwartet langsamer zu laufen und schnüffelte aufgeregt, um Witterung nach den Jungen aufzunehmen.

»Los, da vorne auf die Felsen«, keuchte Tom und drückte Forest gleichzeitig in die Richtung und versuchte ihn am erstbesten Felsbrocken hochzuschieben. Forest konnte gar nicht so schnell Halt finden, wie Tom ihn hochdrückte. Dann versuchte Forest seinen Freund mit hochzuziehen.

Die Bärin kam näher.

Tom sah nicht herunter, aber er erzitterte unter dem lauten Gebrüll und Getrampel. Mit ihren Pranken unternahm die Bärin heftigste Schläge, von denen einer Toms Bein erwischte und seine Hose ein Stück weit zerriss, sodass er laut aufschrie. Forest zog ihn nach Leibeskräften schneller hoch. Dabei bemerkten sie gar nicht, dass die jungen Bären mit einem Male aufgetaucht waren und völlig verwirrt um die Bärenmutter herumliefen. Sie zappelten, piepsten, sprangen an ihr hoch. Die Bärin ließ dennoch nicht von den Männern ab und wollte ihnen mit ihren Drohgebärden eine gehörige Portion Angst einjagen. Das war ihr auch vollständig gelungen, besonders bei Forest. Fast hätte er Toms Arm vor lauter Schreck losgelassen.

»Pass doch auf, ich kann mich nicht recht abstützen!

Verflucht, mein Bein.«

»Ja, ja, komm schon!«

Die kleinen Bären hingen inzwischen am Bein der Mutter und ließen sich nur schwer abschütteln. Dadurch wurde die Aufmerksamkeit der Bärin mehr und mehr auf sie gelenkt, was den Männern ermöglichte höher zu klettern. Mit letzten Kräften zogen sie sich weiter hinauf. Forest rutschte in einen kleinen Felsspalt, der ihn außer Sichtweite zur Bärin brachte und lehnte sich an den Stein, aufgeregt nach Luft ringend. Tom hielt sein Bein und duckte sich, hatte die kleinen Bären jedoch bemerkt, die sich jetzt dicht ans Fell der Mutter drückten.

»Die Kleinen sind da unten«, hauchte er.

Forest zitterte am ganzen Körper und begriff gar nicht recht, was Tom ihm gesagt hatte. Er hoffte nur, dass die Bärin die Männer vergessen würde. Einfach vergessen.

»Lass uns mehr nach hinten verschwinden«, flüsterte Tom und versuchte mit Forests Hilfe mühselig am Stein herunterzurutschen.

Dann war alles ruhig.

Vollkommen erledigt hockten Tom und Forest an diesem Platz und rührten sich nicht vom Fleck. So entging ihnen, dass die Bärin mit ihren Jungen langsam abzog. Vergessen hatte sie die Männer nicht, nur war ihr die Sicherheit der verängstigten Jungen jetzt wichtiger.

Die Männer waren heilfroh, keine furchterregenden Laute und kein Getrampel mehr zu hören. Tom hielt sein Bein und schaute mit besorgter Miene auf seine Wunde. Vorsichtig schob er den zerrissenen Stoff auseinander und tupfte mit einem Tuch die Stelle ab, bevor er sie fest umwickelte. Er konnte von Glück sprechen, dass die Bärin ihn nicht richtig erwischt hatte.

Eine Zeit lang blieben beide ruhig in ihrem Felsspalt hocken, dann steckte Tom als Erster seinen Kopf heraus. Er glaubte oder hoffte zumindest, dass die Bären jetzt nicht mehr in ihrer Nähe waren.

»Was ist«, fragte Forest unsicher, »sind sie weg?«

»Was weiß ich«, antwortete Tom unruhig. »Wir können schließlich nicht hier bleiben bis es dunkel wird. Also los, komm!« Hektisch schaute er dabei zu allen Seiten. »Verdammt!«

»Was ist jetzt?«, erschrak Forest.

»Mein Gewehr ist weg.«

Forest schluckte. Er selber hatte seines vor irgendeinem Dickicht am Fluss abgelegt und jetzt setzte es ihm Schweißperlen auf die Stirn, als er begriff, dass sie gar kein Gewehr mehr bei sich hatten. Hastig wischte er sich über das Gesicht und rutschte eilig hinter seinem Freund den Felsen hinunter.

»Vielleicht liegt es da unten.«

»Aaah, mein Bein«, klagte Tom und humpelte vorwärts. »Hier ist es nicht. Ich muss es irgendwo im Wald verloren haben. Wahrscheinlich, als ich gestolpert bin.«

»Und was ist, wenn jetzt …«

»Du musst gerade was sagen. Hockst da vor dem Gebüsch mit den Bären, redest unidentifizierbare Worte und legst freiwillig dein Gewehr ab.«

Das Letzte, was Forest jetzt brauchte, waren Toms Vorträge und ging lieber eilig voraus.

Es ärgerte Tom maßlos, sein Gewehr fallengelassen zu haben und suchte hektisch den Waldboden danach ab. Außerdem schien es noch ein anderes Problem zu geben. So wie es aussah, musste er sich auf seinen Spürsinn verlassen, da Forest jetzt schon ziemlich orientierungslos in der Gegend herumirrte und die Wahrscheinlichkeit, vor der Dämmerung ihren Lagerplatz zu finden, sank erheblich.

Tom suchte nun auch den Boden verstärkt nach ihren Fußspuren ab. Je länger sie allerdings unterwegs waren, umso unsicherer wurde auch er. Allein der Gedanke, hier völlig schutzlos das Waldstück zu durchqueren, machte ihn vollkommen fertig. Zudem zuckte Forest bei jedem geringsten Geräusch zusammen, blieb kurz stehen und schaute sich irritiert um.

Beide hatten etwas, nach dem sie verzweifelt suchten. Forest die Spuren und Tom sein Gewehr. Beides wollte aber zu diesem Zeitpunkt nicht auftauchen, so sehr sie sich auch bemühten. Forest bemühte sich erst einmal seine Gedanken zu ordnen, die durch die panische Flucht vollkommen durcheinander waren. Er konnte sich einfach nicht erinnern, aus welcher Richtung genau sie gekommen waren. Fast rannte er dabei gegen eine Tanne und erschrak so fürchterlich, dass er sich wieder ausschließlich auf den Weg konzentrierte.

»Pass doch auf!«, fuhr Tom ihn schroff an. »So etwas Dämliches kann nur dir passieren …! Wer weiß, wo wir hier überhaupt sind? Wir müssten doch längst aus diesem Wald heraus sein«, schimpfte er. »Das gibt es doch gar nicht.«

Forest ließ sich nicht beirren. Er ging geradewegs weiter.

Die Tannen standen inzwischen viel dichter und der aufkommende Wind bog ihre Zweige immer heftiger. Forest war mehr und mehr damit beschäftigt, ihnen auszuweichen und dabei schoss es ihm wie ein Blitz durch den Kopf, als ein Zweig in sein Gesicht schlug.

»Hier ist bestimmt der Abschnitt, an dem die kleinen Bären vor den dichten Tannen abgedreht sind. Schau Tom!«, rief er und deutete in die Richtung vor ihnen. »Dort hinten wird es etwas heller. Wir sind richtig!«

»Hoffentlich hast du recht«, meinte Tom und glaubte, dass nun die Stelle, an der sein Gewehr liegen musste, nicht mehr weit sein konnte.

Rasch ging er voran.

Forest schlich dicht hinterher und gebrauchte ihn fast als Schutzschild, um so den Bäumen besser auszuweichen zu können.

Der Wald begann sich zu lichten.

»Hier, hier muss es irgendwo sein«, sagte Tom aufgeregt. Er stöhnte nicht mehr wegen seiner Wunde, sondern marschierte kräftiger, von dem Licht geradezu angezogen, blieb des öfteren stehen und deutete auf einige Stellen, wo das Gewehr liegen könnte.

»Forest, ich hab's! Da ist es!«, rief er voller Erleichterung und hob sein Gewehr auf. Übereifrig kontrollierte er alles.

Forest hatte jetzt nur eines im Sinn, möglichst schnell aus diesem Wald herauszukommen. Wie ein Unheil lag er hinter ihnen und bei dieser Vorstellung lief ihm ein Schauer über den Rücken.

Ein Stück am Fluss entlang fanden sie tatsächlich ihren Lagerplatz. Tom legte seinen Arm vor Glück, Erschöpfung oder Beschützerinstinkt über Forests Schulter; er wusste es selber nicht genau.

Am Ende ihrer Kräfte sanken beide zu Boden. Forest durchstöberte rasch den Rucksack nach dem Proviant und ließ sich dann, als alles unberührt war, mit großer Erleichterung auf seine Decke fallen. Viel zu aufgewühlt war er, um sich schnell zu beruhigen und seine Augen auch nur für einen Augenblick zu schließen. Unruhig wälzte er sich von einer Seite zur anderen und schaute abwechselnd zum Wald und zum Fluss. Tom säuberte unterdessen seine Wunde, die nach dem Marsch stärker zu bluten begann und ärgerte sich, dass ihn diese verdammte Bärin noch erwischen musste. Dann humpelte er mit dem Fernglas zum Fluss. Forest hingegen konnte es nicht fassen, außer Toms Wunde heil davongekommen zu sein und hoffte nur, dass so schnell kein Bär mehr auftauchen würde.

Langsam schob sich die Dämmerung in das Flusstal und mit ihr kam dieses gedämpfte Licht, das alle satten Farben zu verklären schien. Forest mochte diese Stimmung. Von ihr ging etwas Beruhigendes aus, wie er meinte. Dennoch würde die Nacht mit ihren Gefahren ein ganz anderes Bild dieser Landschaft hervorbringen und die Männer mussten sich überlegen, wo sie ihr Lager aufschlagen wollten.

Tom hielt diesen Platz für geeignet. Abgesehen davon, dass er keinen Schritt mehr laufen konnte, hatten sie eine weite Sicht auf die Umgebung und nachts würde seiner Meinung nach kein Bär zum Fischen kommen. Er hoffte es jedenfalls stark. Allerdings müssten sie im Morgengrauen ihre Sachen gepackt haben, um einer erneuten Begegnung mit den Bären zu entgehen. Forest sah darin kein Problem, nur Tom schaute skeptisch.

Der Wind frischte auf und war wie ein Zeichen für Forest, ihr Zelt aufzustellen. Wieder bei Kräften, breitete er die Plane und die Schlafsäcke aus, trug genügend Holz zusammen und erwärmte ihr Essen in einem Topf; das letztere mit dem größten Eifer. Tom hielt sich zu verletzt für all diese Arbeiten, fasste nur einmal beim Zeltaufbau mit an und beobachtete sicherheitshalber mit dem Fernglas die Gegend, wie er meinte. Mehr hingegen ärgerten Forest dessen Bemerkungen über das eintönige Essen, wobei er nur ansatzweise den ungeschickten Fischfangversuch von Tom ansprechen musste, worauf dieser abrupt abblockte und auch in den nächsten Tagen das Thema Essen nicht mehr erwähnte.

Schnell wurde es dunkel.

Beide saßen eingehüllt in Decken, noch ziemlich geschafft, am Lagerfeuer. Keinen Schritt machten sie mehr freiwillig. Forest legte zum Schutz ein paar kleinere Feuerstellen rund um das Zelt an. Tom schützte sich lieber mit Whisky, »gegen mögliche Infektionen«, wie er meinte.

»Unser Proviant bleibt außerhalb vom Zelt«, sagte er und deutete auf einen nahe gelegenen Baum. »Ganz schön leichtsinnig von uns, es letzte Nacht mit hinein zu nehmen. Bestimmt sind dadurch die kleinen Bären angelockt worden. Nur gut, dass die Bärin nichts davon gerochen hat.«

Da Tom dennoch keine Anstalten machte, alles zusammenzupacken, raffte sich Forest auf, befestigte eine lange Schnur an dem Rucksack und zog ihn in Sichtweite an einem dicken Ast hoch. Er bezweifelte, dass es einem Bären schwer fallen würde dort heranzukommen; wenigstens wären die Männer nicht in unmittelbarer Nähe, wenn es ein Tier tatsächlich versuchen würde.

Die Nacht war klar.

Der zunehmende Mond zeigte sich langsam hinter dem Bergmassiv und verbreitete seine Helligkeit. Nichts Bedrohliches ging von dieser Nacht aus und Forest legte beruhigt einen großen Holzscheit auf das Feuer. Zu vorgerückter Stunde konnten die Männer schon wieder über das lachen, was ihnen heute passiert war. Allerdings nur auf Grund des Whiskys. Tom zog sich langsam ins Innere des Zeltes zurück, während Forest länger Wache hielt, um unangenehme nächtliche Ruhestörer frühzeitig zu bemerken. Forest wickelte sich stärker in seine Decke ein. Wenn ich nicht einschlafen darf, tröstete er sich, bekomme ich wenigstens keine Albträume. Allein die Vorstellung, seine Gedanken würden anfangen das Erlebte zu verarbeiten, verpasste ihm gleich einen erneuten Adrenalinstoß zum Wachbleiben. Forest trank zusätzlich einen großen Schluck von seinem starken Kaffee.

Gegen Mitternacht wurde diese Ruhe jäh gestört.

Von weitem kamen beängstigende Laute herüber. Nicht sehr laut, aber laut genug, um sie nicht zu überhören. Forest zog sein Gewehr dichter heran, warf die Decke ab und setzte sich aufrecht.

Das müssen Wölfe sein, dachte er.

Dabei stieg ein Kribbeln in ihm auf, das seinen ganzen Körper überzog. Angstvoll umklammerte er sein Gewehr.

Tom schlief fest.

Vorsichtshalber legte Forest weitere Holzscheite auf die einzelnen Feuerstellen.

Die Laute waren unregelmäßig und schienen weit entfernt zu sein, dennoch verfehlten sie ihre Wirkung nicht. Wie versteinert hielt Forest das Gewehr in der Hand.

Minuten später wurden die Laute schwächer, bis sie schließlich nicht mehr zu hören waren. Forest entkrampfte sich und sank erleichtert zu Boden.

Eine weitere Stunde wachte er noch, bevor er ins Zelt hineinkroch.

Dienstag, 6 Uhr morgens

Seiner inneren Uhr entsprechend wachte Forest auch an diesem Morgen ziemlich früh auf.

Tom schlief. Wie gewohnt.

Dann ist ja alles in Ordnung, dachte Forest.

Hoffentlich auch draußen.

Mit äußerster Vorsicht und dem Gewehr in der Hand bewegte er sich gespannt aus dem Zelt hinaus. Es war ein kühler Morgen. Geschneit hatte es nicht mehr. Forest sah sich vorsichtig um und hoffte nichts zu entdecken, was ihn in erneute Aufregung versetzen würde. Zu seiner Beruhigung fand er alles so vor, wie er es hätte vorfinden wollen. Der Rucksack hing unversehrt am Baum und rund um das Zelt gab es keine neuen Spuren in der nur noch dünnen Schneedecke. Mit der dicken Jacke über den Schultern ging er ein Stück weit zum Fluss.

Von den Bären war nichts zu sehen und auch nicht zu hören und Forest war mehr als beruhigt.

Eigentlich sollten wir längst fort sein, dachte er, um

nicht von ihnen überrascht zu werden, aber frühe Unternehmungen sind schon immer an Tom gescheitert. Eilig füllte Forest den Wasserkessel. Dann zündete er das Feuer an, lockerte das Seil des Rucksackes und ließ ihn herunter. Ihr Proviant war unberührt.

Tom kam zu Forests Erstaunen gleich darauf ziemlich müde aus dem Zelt gekrochen. Sein Blick richtete sich als erstes auf Forest, um Auskunft über die momentane Situation zu bekommen, ohne viele Fragen zu stellen. Morgens brauchte er immer eine längere Anlaufzeit und Probleme durften darin erst recht nicht auftauchen.

Anscheinend ist die Lage genauso entspannt wie Forest, dachte er.

»Komm raus! Es ist alles in Ordnung. Was macht deine Wunde?«

»Was? Weiß nicht. Sie zieht ganz schön.«

Tom bekam sogleich von Forest einen heißen Kaffee in die Hand gedrückt. Das war eigentlich alles, was er jetzt wollte.

»Du weißt, dass es schon spät ist? Wir müssten längst von hier weg sein.«

»Spät?« Tom trank einen Schluck und schaute dem Tageslicht entgegen, dass sich nur schwerlich gegen die Dunkelheit durchsetzten konnte. »Ja, ja, ich beeil mich.«

Forest sah kurz auf die Wunde, als Tom den Verband

beiseite schob und dann auf dessen genervtes Gesicht, bevor er eilig alles zusammenpackte.

»Was hältst du davon«, meinte Forest wenig später und deutete auf den gegenüberliegenden Hügel, »wenn wir von dieser Lichtung aus den Fluss beobachten?«

»Wahrscheinlich das Beste«, antwortete Tom ohne große Überlegung. »Erstmal weg von hier. Ich hoffe nur, die Bären kommen nicht aus der Richtung, in die wir gehen wollen.«

»Dann müssen wir uns eben lauter als sonst bemerkbar machen und nicht durch irgendwelches Dickicht schleichen«, belehrte Forest seinen noch immer verschlafen herumlaufenden Freund.

»Dann sollte wohl nichts passieren, wenn du so gut Bescheid weißt«, antwortete Tom zweifelnd im Hinblick auf den vorherigen Tag.

Bald brachen sie auf und versuchten einen günstigen Weg bis zur Lichtung zu finden. Tom lief langsamer als sonst. Forest glaubte jedoch nicht wegen der Wunde, sondern eher, weil er zu müde war. Dafür konnte Forest gut mithalten und sah von Tom diesmal nicht nur einen matschigen Abdruck im Schnee, bis sie endlich zu der Lichtung fanden. Von dieser Seite erschien ihnen der dichte Wald, in den sie gestern panikartig gerannt waren, noch mächtiger. Tom machte sich keine weiteren Gedanken mehr und schlug vor, eine Rast einzulegen.

»Verdient«, wie er meinte und kramte sein Fernglas heraus. »Unten am Fluss ist alles ruhig. Kein Bär zu sehen«, berichtete Tom, konzentrierte sich aber mehr auf den Hügel, als hinter den Tannen etwas vorbeihuschte. Schlagartig drehte er sich um.

»Dort drüben sind Hirsche.«

Forest schaute hin und her.

»Da, weiter rechts! Jetzt sind sie ganz deutlich zu sehen. Hier, nimm das Fernglas.«

Forest entdeckte nur für einen kurzen Moment ein paar unscharfe Hirsche, die plötzlich verschwunden waren.

»Was hat die denn so schnell verscheucht?«

»Hoffentlich nicht die Bären«, meinte Tom grinsend und sah zu Forest, dem vor Schreck fast das Fernglas aus den Händen gefallen wäre und er es sich so hastig vor die Augen knallte, dass er für Sekunden jeglichen Überblick verlor.

»Hier, such du sie«, murmelte Forest, indem er seinem Freund das Fernglas ins Gesicht drückte.

Tom versuchte irgendetwas zu sehen, was die Hirsche zum galoppierenden Rückzug veranlasst hatte, konnte aber nichts Genaues mehr erkennen.

Die Bärenfamilie war in der Morgendämmerung an den Fluss heruntergekommen, jedoch nicht an die gestrige Stelle. Der Instinkt hatte die Bärin davon abgehalten.

Die Kleinen wurden wie immer an einem geeigneten Platz am Ufer zurückgelassen, während die Bärin den Fischen im Wasser hinterherjagte, ohne die Jungen dabei länger als nötig außer Acht zu lassen.

Tom und Forest sahen von der Lichtung aus eine schöne Stelle in Flussnähe. Dort wollten sie mit großen Zweigen ein Versteck bauen, um vielleicht einige Tiere in Ruhe zu beobachten und zu filmen. Forest hoffte natürlich, die jungen Bären wiederzusehen und wenn möglich, ohne näheres Zusammentreffen mit der Bärin. Außerdem hatte er sich geschworen, die Kleinen und natürlich auch sich, nicht mehr in so eine beängstigende Lage zu bringen.

Am Fluss angekommen, trug er ziemlich schnell alles Nötige für ihr Versteck zusammen. Tom half ihm überraschenderweise ohne große Aufforderung, selbst sein Bein schob er nicht als Hinderungsgrund vor.

Wahrscheinlich hat er sich an das gestrige Auftauchen der Bärin erinnert, dachte Forest.

Der Platz schien ideal zu sein für ihr Vorhaben. Hier waren sie geschützt und konnten den Flusslauf gut überblicken. Falls Bären hierhin zum Fischen kämen, würden sie sich durch die Männer nicht gestört fühlen und wenn sie doch Witterung aufnehmen würden, könnten sich beide aus sicherer Entfernung gut bemerkbar machen.

Tom wirkte zwar nach außen hin ruhig, war aber dennoch sehr angespannt. Sein Gewehr ließ er jetzt nicht mehr aus den Händen. Forest war um einiges kribbeliger und versuchte sich abzulenken, indem er die Kamera einstellte. Umso mehr verblüffte es ihn, als Tom unerwartet eine etwas lädierte Zigarre aus der Tasche holte. Zielsicher wanderte sie in seinen Mund, wo sie langsam hin und her bewegt wurde.

»Ist was?«

Forest wunderte sich.

»Wo hast du die denn aufgetrieben?«

»Die hab ich mir«, Tom schob die Zigarre in den äußersten Mundwinkel, »für längere Wartezeiten eingesteckt; und das wird heute bestimmt der Fall sein. Ich habe noch eine bei mir. Willst du?«

»Bloß nicht. Die allein riecht ein Bär ja meilenweit, wenn du so weiter qualmst.«

»Ich höre ja bald auf«, meinte Tom, »nur noch ein paar Züge.«

Mehr verwunderte es Forest, dass dieser Zigarrenstummel wenig später vor seinen Füßen lag und Tom regungslos mit offenem Mund da saß.

»So hab ich das auch nicht gemeint, ein paar Züge mehr oder weniger, oder scheint dir das Ding nicht mehr zu schmecken?«

»Sch ... au!«, Tom hustete. »DA hinten!«

Hektisch drückte er die Zigarre mit dem Schuh aus.

Auf einmal fühlte er sich in seiner Magengegend nicht mehr ganz so wohl, was jedoch nicht auf die Zigarre zurückzuführen war.

Forest schaute nervös durch die Zweige.

»Was ist denn? Ich kann gar nichts erken … n … oh.«

Forests Augen behielten eine Zeit lang diesen starren Blick, nur sein Kopf neigte sich etwas mehr nach vorne.

Zwar noch weit entfernt, aber dennoch gut zu erkennen, kam die Bärenfamilie langsam am Flussufer entlang. Die Jungen liefen dicht hinter der Bärenmutter her und eiferten ihr nach, wenn sie sich in Abständen kurz auf ihre Hinterbeine stellte und aufgeregt schnüffelte. Die Kleinen streckten sich dann nach Leibeskräften, konzentrierten sich aber mehr auf ihr Gleichgewicht und mussten aufpassen, den Anschluss nicht zu verlieren.

Unbewusst verbarrikadierten sich die Männer mehr und mehr. Tom hielt sein Gewehr fest. Forest streckte zwei Finger in die Luft, um vielleicht die Windrichtung zu bestimmen. Nach kürzester Zeit tippte er auf Gegenwind, weil die Bären sie allem Anschein nach nicht witterten.

»Mach nicht so einen Zirkus, sondern nimm das Fernglas und pass auf!«, sagte Tom.

»Hoffentlich sehen die meinen grellen Pullover nicht«, sorgte sich Forest und zog den Reißverschluss seiner Jacke schnellstens zu. »Hätte ich ihn bloß nicht angezogen.«

»Du hättest ihn überhaupt nicht mitnehmen sollen«, entgegnete Tom. »Ich hab's dir doch gesagt. Aber nerv mich jetzt nicht wegen diesem blöden Ding, sondern sieh zu, dass du die Bären nicht aus den Augen verlierst!«

Forest hatte sie schon verloren und suchte jetzt hektisch mit dem Fernglas die Gegend ab.

»Da, schau, dort hinten sind sie!« Tom presste ihm das Fernglas so fest auf die Augen, dass Forest beinahe nach hinten kippte. »Bis du sie gefunden hast, stehen sie schon neben uns.«

Die Bärin schien etwas gewittert zu haben. Schnell schirmte sie die Jungen ab, stellte sich auf die Hinterbeine und schnüffelte aufgeregt. Bei ihrem »HAWW, HAWW« drückten sich die Kleinen noch näher an sie heran. Bald darauf wurde sie erheblich lauter und unruhiger. Ihre riesigen Pranken schienen die Luft zu durchtrennen.

Forest ließ das Fernglas fallen und hielt mit beiden Händen die Tannenzweige dichter vor sich zusammen.

»Was machst du denn?«

Tom entsicherte vorsichtshalber sein Gewehr.

Stark unter Stress schickte die Bärin immer heftigere Einschüchterungsrufe in die Gegend, bis sie plötzlich abdrehte.

»Was ist jetzt?«, wunderte sich Tom. »Sie wendet sich ab. Forest, sie hat uns nicht gewittert«, rief er in höchster Anspannung, aber mit spürbarer Erleichterung.

Forest glaubte im Prinzip nur, was er mit eigenen Augen sah, aber in diesem Fall nicht einmal das, auch wenn es den Tatsachen entsprach.

»Oben im Wald muss etwas sein«, sagte Tom und griff hastig nach dem Fernglas, was Forest jetzt nutzlos in der Hand hielt, während er sich an den Zweigen festklammerte.

»Verflucht, was sieht die Bärin bloß? Ich glaube«, Tom streckte sich und suchte krampfhaft weiter, »da oben sind Hirsche unterwegs. Vielleicht die von heute morgen. Das wäre ja fantastisch. Schau, sie beruhigt sich.«

Während Forest sich erleichtert erhob, richtete die Bärin unerwartet ihren Blick in die Richtung der Männer, blieb aber ruhig. Forest duckte sich vor lauter Schreck gleich wieder und zerrte Tom heftig an seiner Jacke herunter.

»Was soll das?«

Forest kauerte am Boden. Sein Magen knurrte.

»Ich habe Hunger.«

»Hunger?«

Toms Nerven waren im Moment nicht gerade die besten und er drückte Forests Hand energisch weg.

»Willst du jetzt vielleicht das Essen rausholen?

»Schon gut. Vergiss es«, beruhigte ihn Forest. »Wo ist die Bärin überhaupt?«

»Steh auf, dann siehst du sie.« Tom ließ sich jetzt nicht mehr ablenken und konzentrierte sich ausschließlich auf die Bärenfamilie.

Mit halb geöffnetem Maul lief die Bärin in großen Kreisen umher. Ihre Anspannung löste sich jedoch nach dem Abzug der Hirsche und sie leckte den Jungen beruhigt über die Schnuten. Sogleich führte sie beide vom Ufer weg an einen geschützten Platz, an dem sie mit ihnen etwas ruhte und sie säugte.

Etwas langsamer als die Bärenfamilie beruhigten sich die beiden Männer schließlich auch. Besonders als sie sahen, dass sich die Aufmerksamkeit der Bärin auf die Fische richtete und nicht auf das merkwürdige Versteck von Tom und Forest.

Die Bärenmutter stapfte gemächlich hinüber zu den breiten Steinen in der Flussmitte, nicht allzu weit von den Männern entfernt. Forest traute sich nur gelegentlich zu filmen und versteckte sich lieber hinter den breiten Schultern von Tom. Erst, als er die Bärin durchs Wasser laufen sah, atmete er auf.

Abrupt stoppte sie, setzte zu einem Sprung ins Wasser an und schnappte einen Fisch zum Erstaunen der Kleinen. Auch zum Erstaunen von Forest, der kurz seine Kamera senkte und seinen Freund anschaute, ob er die Leichtigkeit, mit der die Bärin fischte, auch mitbekommen hatte.

»So ähnlich wolltest du es auch machen oder?«

»Film weiter«, reagierte Tom genervt und drückte die Kamera dabei mit der Hand hoch.

Die Bärin erwischte gleich einen weiteren Fisch und schleuderte ihn mit ihren kräftigen Pranken an Land. Im Galopp kamen die Kleinen angesaust, schleppten ihn an ihren sicheren Platz und fraßen ihn dort.

Forest filmte ununterbrochen.

»Das ist ja ein tolles Schauspiel«, begeisterte er sich.

Selbst Tom war beeindruckt.

»Nicht schlecht, die Aufnahmen könnte ich meinen Freunden in der Stadt zeigen«, sagte er, überlegte aber weiter, dass diese ihm wegen seiner Spielschulden statt einer Bärentour eher eine Goldsuche vorschlagen würden. Tom seufzte.

Die Bärenfamilie lag nach einigen erfolgreichen Fangversuchen am Ufer beisammen und hielt ein kurzes Nickerchen. Noch lange nicht war der Hunger der Bärin gestillt. Sie musste weiterfischen und so ging sie nach einer kurzen Ruhepause ein paar Schritte im Umkreis der Kleinen umher, um sicher zu sein, dass keine anderen Bären unterwegs waren.

Der Wind stand günstig für die Männer.

Die Bärin zog sich beruhigt ins Wasser zurück und

trieb mit großen Schritten die Fische an eine flachere Stelle. Die Kleinen fanden dies jetzt weniger interessant und versuchten selber etwas auszukundschaften. Flink kletterten sie eine Tanne empor und überblickten von dort ein weiteres Stück des Flusses. Besonders das angespülte Treibholz, das am Ufer sanft hin und her trieb, interessierte sie. Dort unten war etwas in Bewegung und das fesselte sie ungemein. Mit vorsichtigen Schritten tasteten sich die Jungen vom Baumstamm herunter und rasten ans Ufer, an dem sie übermütig mit ihren kleinen Tatzen die Äste herumzuschubsen versuchten. Allerdings nur mit mäßigem Erfolg. Noch unerfahren krabbelte eines der Bärenjungen auf einen größeren Stamm und versuchte darauf zu balancieren.

Forest amüsierte so etwas, nur Tom fand dies bei weitem nicht so spannend und nutzte die Gelegenheit, Brot und Wurst aus seinem Rucksack zu holen.

»Hier nimm!«, meinte er zu Forest und drückte ihm einen Teil davon in die Hand. »Die Bärin ist weit genug weg, sie wird nicht so schnell hier aufkreuzen. Und ich ruhe mich etwas aus, aber weck mich, sobald da vorne etwas passiert.«

Auch die kleinen Bären lagen inzwischen nach ihren Anstrengungen gemütlich beisammen.

Einzig Forest hielt voller Spannung die Stellung.

Nach einiger Zeit trat wieder Leben am Ufer ein. Die Kleinen wurden aktiv, tobten lebhafter als vorhin und testeten ihre Kräfte erneut an den Treibhölzern. Ein Junges sprang zu Forests Überraschung recht übermütig auf einem Stamm herum. Unterdessen schwammen ein paar Fische an ihm vorbei und ein dicker Brocken sprang sogar in seiner Nähe aus dem Wasser, wobei der Kleine gleich versuchte, ihn mit seiner Tatze zu erwischen. Schwierig wurde es nur, dabei gleichzeitig den Halt zu bewahren. Außerdem drehte er seinen Kopf dauernd nach anderen Fischen um und wackelte unsicher hin und her.

Allein vom Zuschauen wurde Forest schon ganz schwindelig. Der Kleine hatte sich zwar etwas beruhigt, patschte aber immer heftiger mit seiner kleinen Pfote auf der Wasseroberfläche herum. Das andere Bärenjunge piepste ihm aufgeregt vom Ufer aus zu. Plötzlich zischte dicht neben ihm ein Fisch kurz aus dem Wasser, nach dem der Kleine aufgeregt schnappte, was ihm jedoch endgültig den Halt kostete und er abrutschte. Das zurückgebliebene Bärchen rief aufgeregt »WAFF, WAFF, WAFF.«

Forest erhob sich nicht weniger erschrocken, als er den kleinen Bären ins Wasser plumpsen sah. Ängstlich piepsend paddelte dieser hin und her, versuchte verzweifelt den Baumstamm zu erreichen, schaffte es aber nicht.

Für Forest gab es nur eins. Auf der Stelle ließ er die Kamera fallen, stieß einige Zweige beiseite und rannte ohne große Überlegung ins Wasser. Kurz zögerte er, starrte mit aufgerissenen Augen die Bärenmutter an, die gerade ins Wasser eintauchte, dachte, dass er es bis zu dem Jungen schaffen könnte und lief wie besessen weiter, als er sah, wie die Strömung den Kleinen herumwirbelte. Er hatte Mühe sein Gleichgewicht zu halten, nachdem er über einen größeren Stein gerutscht war, stolperte weiter vorwärts, kam aber nicht zu Fall.

Tom hatte im Halbschlaf etwas mitbekommen, riss die Augen auf, da er sich allein in dem demolierten Versteck befand und setzte sich aufrecht hin. Fassungslos schaute er zu Forest. Für Sekunden verharrte er bewegungslos. Er konnte nicht begreifen, was passiert war, schnappte sein Gewehr und rannte verwirrt aus dem Versteck hinaus Richtung Fluss.

»Was machst du? Forest! Komm zurück!«

Toms entsetzte Rufe drangen überall hin, nur nicht zu seinem Freund, der unbeirrt weiterlief. Tom hatte den kleinen Bären im Wasser noch nicht entdeckt, aber dafür die Bärenmutter, die jetzt die heftigen Hilferufe der Jungen gehört hatte. Geistesgegenwärtig richtete Tom sein Gewehr auf sie, wurde nur durch den kleinen Bären irritiert, der in dem Moment an einen größeren Stein prallte und noch lauter piepste.

Die Bärin ließ den bereits gefangenen Fisch aus ihrem Maul fallen und stieß ein unüberhörbares Gebrüll aus, das, alles durchdringend, in Forests Körper fuhr.

Dessen unbeirrt schaute er abwechselnd zu dem Kleinen, dann zur großen Bärin, aber nie zu Tom. Dieser machte verzweifelte Zeichenversuche und rief ihn zurück.

Es half nichts.

Forest rutschte dem Kleinen fast entgegen und griff nach ihm. Er traute seinen Augen nicht, als er das kleine, triefende, zappelige Wollknäuel in den Händen hielt. Dabei schnappte das kleine Bärchen blitzschnell nach seiner Hand und erwischte den Daumen, was Forest in dem Augenblick gar nicht recht spürte. Er war so beschäftigt den Kleinen nicht zu verlieren, dass er dadurch auch nicht die Bärin am Flussufer auf sich zurennen sah.

Unter äußerster Anspannung feuerte Tom einen Warnschuss ab, damit die Bärin stehenblieb oder zumindest Forest verstand, was los war.

Forest verstand aber nicht.

Er erschreckte sich nur.

Und die Bärin …?

Sie brüllte noch heftiger.

Der Kleine zappelte so sehr, dass er ihm vor lauter Nässe fast aus den Händen rutschte.

Forest hatte keine Wahl. Er musste das Bärchen bei dem anderen absetzten, um zu verhindern, dass die Bärin auf ihn zugestürmt kam. Es waren nur noch einige Schritte. Ihm blieb nicht mehr viel Zeit. Wie ein

Wahnsinniger stürzte er zum Ufer, geradewegs der Bärin entgegen. Der Kleine zappelte nicht mehr so heftig, piepste aber noch lauter vor Aufregung.

Tom richtete sein Gewehr auf die Bärenmutter, gleichzeitig schrie er so laut wie noch nie in seinem Leben, dass Forest, »verdammt nochmal«, den Bären ENDLICH fallen lassen sollte.

Forest schien wie in Trance.

Die Bärin blieb zu Toms Verwunderung plötzlich stehen und richtete sich unter erbitterten Warnrufen auf.

Forest ließ sich nicht aufhalten. Er war entschlossen, das Junge an Land zu bringen.

Die Bärenmutter verharrte aufs Äußerste gespannt, aber jederzeit zum Angriff bereit.

Mit einem letzten Satz warf Forest den Kleinen ans Ufer, schaute zur Bärin, bevor er unter einsetzendem »HAARR, HAARR« in die entgegengesetzte Richtung abdrehte, selbst unter lautem Schreien, als wäre er gerade aus einem Albtraum erwacht.

Tom war fassungslos.

Die Bärin verfolgte Forest tatsächlich nicht.

»Forest, du bist wahnsinnig!«

Die Bärenmutter warf ihren Kopf heftig fauchend hin und her, kam den Männern aber nicht nach, sondern packte das kleine nasse Bärchen mit ihrem Maul vorsichtig am Nacken und trug es vom Ufer weg. Beschützend legte sie sich zu den beiden Kleinen und leckte sie ab. Mitten drin lag das erschöpfte Junge und kuschelte sich so dicht es nur konnte an die Bärenmutter und das andere Junge drückte und wärmte es von der anderen Seite.

Tom schob Forest eilig vor sich her, damit er nicht dauernd stehenblieb und sich nach den Bären umdrehte. Schließlich mussten sie so schnell wie möglich außer Sichtweite kommen.

Die Bärin hatte bemerkt, dass die Männer verschwunden waren. Allerdings wollte sie mit ihren Jungen nicht allzu lange an diesem Platz bleiben und nachdem sich die erste Aufregung gelegt hatte, zog die Bärenfamilie in die entgegengesetzte Richtung.

»Mensch Forest, was hast du dir bloß dabei gedacht?«, schrie Tom wütend, aber gleichzeitig froh, dass sein Freund unversehrt war. »Und wie konnte das überhaupt passieren?«

Forest war viel zu durcheinander, um zu antworten und schlurfte nur, so schnell er konnte, mit seinen nassen Schuhen weiter.

»Du bist doch wahnsinnig! Hüpfst da mit dem kleinen Bären im Wasser herum.«

»W ... warte. Ich kann nicht so schnell laufen«, brachte Forest, noch kurzatmig, heraus und bemerkte gar nicht, wie sehr er am ganzen Körper zitterte. Nur seinen Daumen spürte er, der mehr zu schmerzen begann und auf dem winzige Bissspuren zu sehen waren.

»Ich brauche trockene Sachen und was zu essen.«

»Das ist das erste Vernünftige, was ich von dir höre«, sagte Tom und klopfte ihm dabei auf die Schulter.

»Warte mal. Alles ist so glitschig. Ich habe Wasser in den Schuhen, das muss raus.«

Eilig nahmen sie aus dem Versteck ihre Sachen heraus und gingen hinauf zur Lichtung. Hier schien es ihnen am sichersten zu sein.

Forest war noch völlig fassungslos, als sie dort ankamen. Umständlich zog er seine nassen Sachen aus und Tom wurde unterdessen wie selten aktiv, sammelte Holz für das Lagerfeuer und füllte den Kessel mit Wasser. Dabei streckte er seinem Freund eine kleine, lederne Flasche entgegen.

»Hier, trink einen Schluck Whisky. Na, wenigstens hast du jetzt den grellen Pullover nicht mehr an, weil die Ärmel nass sind, ha, ha …«

Forest nahm einen großen Schluck. Tom ebenso. Irgendwie, fand er, brauchte er ihn genauso dringend. Forest verlangte Nachschub, den Tom ihm nur zögernd gab. Gleichzeitig goss er einen heißen Tee auf. Ob seine Sorge dabei mehr seinem Freund galt, der den Alkohol sonst nicht so herunterschüttete oder eher dem sich zu Ende neigenden Whisky Vorrat, konnte er in diesem Moment nicht unterscheiden.

Toms Vorliebe für alles Aufregende war für heute ausreichend bedient und er hoffte nur, dass die Nacht keine weiteren Überraschungen bringen möge.

Forest machte sich keine Gedanken mehr über die Gefahr, in die er sich begeben hatte. Er war sichtlich erleichtert, dass es ihm und dem jungen Bären gut ging. Auch seine Gesichtsfarbe spiegelte den Gemütszustand wider und wurde mit der Zeit genauso leuchtend wie sein Pullover, der jetzt auf einem dicken Zweig neben dem Feuer lag. Tom hätte diesen Ast am liebsten etwas über die Flammen gehalten, wollte aber Forest nicht unnötig reizen und rührte stattdessen kräftig in der Pfanne. Der Duft der Bohnen trieb Forest noch ein zufriedeneres Lächeln ins Gesicht. Tom betrachtete faszinierend den Gesichtsausdruck seines Freundes, der eine Komposition aus Mut, einer gehörigen Portion Glück und dem Whisky zu sein schien. Diese Zusammensetzung kannte selbst er nicht, auch nicht bei sich. Aber das war kein Wunder, da ihm meistens die nötige Portion Glück fehlte; zumindest bei seinen Pokerrunden.

»Wo ist eigentlich meine Kamera?«

Tom schaute erstaunt.

»Was sagst du da?«

So einen klaren Gedanken hätte er von Forest jetzt nicht mehr erwartet. Eher von sich. Tom raufte sich durch die Haare und warf einen Blick auf sein Gewehr, das zum Glück neben ihm lag.

»Wir suchen sie morgen früh. Jetzt nicht mehr!«, setzte er verschärft hinzu, als er merkte, wie Forest wegen seiner Aufnahmen unruhig wurde. »Es wird schon kein Tier die Kamera wegschleppen.«

Forest war auch viel zu müde, um sich andernfalls noch einmal aufzuraffen.

Bei Anbruch des Abends verstaute Tom das Proviant im Rucksack und befestigte ihn an einem Baum. Forest verschwendete keine Gedanken an die bevorstehende Nacht, zog sich mehr und mehr ins Zelt zurück und war irgendwann ganz darin verschwunden. Tom blieb wach, das reichte ihm. Im Augenblick empfand er nur seinen Schlafsack auf der Matte gegenüber dem harten Boden als eine unbeschreibliche Verbesserung und wühlte sich ganz in ihn hinein. Tom zündete weitere Feuerstellen an und achtete darauf, dass größere Hölzer in Reichweite lagen, da er sich mit einem Male an Forests Beschreibung vom nächtlichen Geheul der Wölfe erinnerte. Das hätte jetzt noch gefehlt, dachte er mit einem unangenehmen Gefühl im Bauch und ermahnte sich selber, so lange er konnte, wach zu bleiben.

Die Nacht sollte noch ziemlich lang werden und wie es schien, war sie es jetzt schon für Tom.

Forest schlief fest.

Tom rauchte eine Zigarette nach der anderen und lief öfters zu den Feuerstellen, um nicht in seiner warmen Decke eingehüllt, zu früh einzuschlafen. Ab und zu rauschte der Wind durch den Wald und ließ die Spitzen der Tannen eine Weile lang wogen. Das Einzige, was seine Ruhe störte, war das gelegentliche Röhren einiger Hirsche. Jedenfalls klang es nicht unruhig und war für ihn eher ein Zeichen, dass alles in Ordnung war.

Die Nacht kam Tom heute besonders dunkel vor. Er hatte den Eindruck, dass sich die Dunkelheit tief auf ihn herunterdrängte und ihn fast einnebeln wollte. Ständig schaute er auf seine Uhr. Es half nichts. Die Zeiger quälten sich nur langsam vorwärts. Tom hockte vor dem dampfenden Wasserkessel und goss sich einen Kaffee auf.

Die Hirsche waren anscheinend verschwunden, denn er hatte sie eine Zeitlang nicht mehr gehört. Doch von weitem drang jetzt ein lauteres Gebrüll herüber, dass ihm einen kalten Schauer über den Rücken laufen ließ.

Tom wagte nicht sich zu bewegen und lauschte gebannt.

Das sind keine Hirsche, dachte er entsetzt, das ist das Geheul der Wölfe.

Tom ertastete sein Gewehr und die größeren Holzscheite und zündete einige zusätzlich an. Jeder Windstoß, der durch die Tannen zischte, irritierte ihn jetzt.

Mittwoch, 2 Uhr morgens

Die erneuten, lauter werdenden Rufe einiger Wölfe verfehlten ihre Wirkung bei Tom nicht.

Er wurde zunehmend nervöser.

Auch die Bären.

Obwohl sie auf dem gegenüberliegenden Hügel weiter entfernt waren, versetzte sie das Geheul in erhöhten Alarmzustand. Unruhig lief die Bärenmutter umher.

Der einzige, der von alledem nichts mitbekam, war Forest.

Plötzlich hörte Tom ein furchtbares, nicht auszumachendes Getöse und Gekreische. Er glaubte, einen Wolf im Kampf mit einem anderen Tier in unmittelbarer Nähe heraushören zu können. So genau und deutlich wollte er es um keinen Preis mehr hören.

Das Gejaule wurde heftiger.

Tom stand mit seinem Gewehr dicht am großen Feuer.

»Forest, Forest, wach auf!«, rief er mit gedämpfter Stimme ins Zelt hinein.

»Komm schon! Beweg dich!«

Mehrmals trat er ihm dabei an die Füße. Forest rappelte sich etwas hoch.

»Hörst du die Wölfe?«

Forest hörte zwar, schien aber nichts zu begreifen. Mit einer Hand rüttelte Tom ihn an den Schultern.

»Komm zu dir, mach schon!«

»Was ist passiert?«

»Die Wölfe sind wieder zu hören und zwar ziemlich laut.«

Forest durchfuhr ein Schauer.

»Einer ist anscheinend ganz in der Nähe und hat ein Tier angefallen. Jedenfalls hat es sich so angehört.«

Forest kam die Wirklichkeit jetzt wie ein böser Traum vor. Tom rüttelte ihn erneut.

»Mach schon!«

Mit einem Mal schoss Forest auf. Irgendwie zwängte er sich in seine Schuhe und den grellen Pullover, der ihm allerdings in der Nacht ziemlich grau vorkam und schnell unter seiner dicken Jacke verschwand.

»Wie spät ist es?«

»Gleich zwei.«

»Wie weit sind die Wölfe wohl entfernt?«

»Weiß nicht. Die meisten Laute drangen aus der Ferne hierher, aber dieser Kampf vor einigen Minuten war verdammt nah.«

Erneut hallte das Geheul zu ihnen.

Forest zuckte verängstigt zusammen.

»Oje!« Ihm blieb fast die Luft weg, rappelte sich jedoch schnell auf und hielt sein Gewehr fest in der Hand.

Auf Toms Zeichen hin, sammelte er einige Hölzer und legte sie mit einem Ende in das große Feuer.

Auch auf der gegenüberliegenden Seite nahm die Aufregung zu. Die Bärin kreiste nervös um ihre Jungen herum und stellte sich immer wieder auf die Hinterbeine, um Witterung aufzunehmen. Die Kleinen spürten gleichermaßen die Spannung, rührten sich jetzt nicht mehr vom Fleck und gaben keinerlei Laute von sich.

Forest dröhnte das Geheul von vorhin noch in seinen Ohren. Jetzt war es wieder überraschend ruhig. Viel zu ruhig, wie er fand.

Um sie herum knackte und rauschte es im Wald.

Die Männer hörten ein lautes Knurren.

Forest durchfuhr ein eisiger Schauer. Zittrig griff er einen brennenden Ast und leuchtete in die Richtung, aus der die Geräusche gekommen waren. Es war nichts zu erkennen.

Oben im Wald glaubte Tom jetzt ein Tier zu hören.

»Hoffentlich ist es nur ein Hirsch und kein Wolf«, flüsterte er in dieser angsteinflößenden Situation.

Tatsächlich rannte ein Hirsch nicht weit entfernt durch den Wald und röhrte in Abständen, lief aber beständig weiter. Im gleichen Augenblick ertönte ein fürchterlicher Aufschrei eines Wolfes, der dann leise vor sich hin heulte.

Forest erstarrte.

»Jetzt wird es ernst«, flüsterte Tom. »Der ist nicht mehr weit weg, vielleicht irgendwo gegengeknallt.«

Der Wolf winselte weiter.

Bergabwärts galoppierte jetzt ein Hirsch, der sein Leben wahrscheinlich einiger im Weg stehender Bäume zu verdanken hatte, wie Tom meinte.

Ein anderer Wolf schien sich jetzt in den lauter gewordenen Heulgesang des einen, vielleicht verwundeten Wolfes, einzustimmen. Es klang beängstigend. Außer den beiden war anscheinend kein anderes Tier im direkten Umkreis. Einzig die beiden Wölfe mussten auf der Verfolgungsjagd so weit den Berg heruntergekommen sein, versuchte sich Tom zusammenzureimen, da die anderen Rudeltiere konstant aus der Ferne zu hören waren.

»Tom, wo sind die Wölfe?«, fragte Forest verschreckt.

Durch das leisere klägliche Winseln und das kräftige Geheul des anderen, der mit seinen Rufen das Rudel wiederfinden wollte, versuchten sie die Wege der beiden Tiere nachzuvollziehen.

»Hoffentlich kommt nicht das ganze Rudel runter«, flüsterte Tom mit zittriger Stimme.

Der lautere Wolf kam schneller vorwärts und entfernte sich anscheinend. Das ließ die Männer aufatmen.

Dann musste der Verletzte vielleicht noch in ihrer Nähe sein. Forest entsicherte sein Gewehr und hielt es rechts, war aber gleichzeitig bereit, die Fackel in der linken Hand wegzuschleudern.

»Wo ist er?« Forest schwitzte und fror zugleich.

Es war wieder furchtbar still.

Auch das Geheule war vorbei.

»Ich weiß nicht. Vielleicht steht er hier irgendwo.«

Forest hielt den brennenden Ast mit ausgestrecktem Arm krampfhaft fest und leuchtete zum Wald. Mit der Fackel drehte er sich von links nach rechts. Tom folgte dem Schein mit seinem Gewehr.

Runde um Runde.

Forest hielt an.

Er atmete kurz und heftig.

Und tatsächlich. Er schaute in zwei, durch den Fackelschein glänzende Augen.

»Da ist er«, wagte Tom kaum zu sagen.

Der Wolf, noch im Schutze der dichten Tannen, begann langsam die Zähne zu fletschen.

Je stärker Forest mit seiner Fackel zitterte, umso lauter und aggressiver fing er an zu knurren.

»Warte, wirf nicht!«, flüsterte Tom in höchster Anspannung. »Ich komme näher zu dir.«

Der Wolf knurrte so eindringlich, dass Tom glaubte, er würde dadurch die anderen Wölfe anlocken. Von ihnen war eine ganze Zeit lang nichts mehr zu hören gewesen. Wahrscheinlich hatten sie diesen Wolf schon aufgegeben und waren weitergezogen. Tom durfte nicht an das Schlimmste denken, sonst befürchtete er durchzudrehen. Auch wollte er nicht voreilig schießen.

Der Wolf knurrte lauter.

Aber nicht nur er.

Von hinten hörten sie ein Gebrüll, das das ganze Tal erfüllte.

»Hörst du, Tom? Die Bärin!«

Tom versuchte sie zu ignorieren. Im Moment kam die Gefahr von vorne.

Ein Gefühl der Ohnmacht durchzog ihn.

»Pass auf!«, schrie Tom mit einem Mal, als die Bärenrufe Forest verleiteten, kurz nach hinten zu schauen. »Schau dich nicht um!«

Ein lautes, markerschütterndes Geheul jagte in ihre Körper. Der Wolf hatte einen Satz nach vorn gemacht, blieb unbeweglich stehen und war nur noch halb vom Gebüsch und einer großen Tanne verdeckt. Seine, durch das Feuer funkelnden Augen waren ausschließlich auf Forest fixiert. Mit fletschenden Zähnen und einem gewaltigen Schub preschte er plötzlich ganz aus dem Schutz des Dickichts hervor.

Jetzt lag nur die Feuerstelle zwischen ihnen.

Trotz seiner Verletzung versuchte der Wolf zum Sprung anzusetzten, zögerte einen Augenblick, den Forest nutzte, um ihm den brennenden Ast mit aller

Kraft entgegenzuschleudern. Jaulend sprang der Wolf zur Seite. Aber das hielt ihn nicht auf. Blitzschnell drehte er ab und stürmte um das Feuer direkt auf Forest zu.

Tom stürzte zur Seite.

»Duck dich!«, schrie er Forest zu, indem er auf den Wolf zielte und einen Schuss abfeuerte, der das Fell streifte und den Wolf aufheulend zurückspringen ließ. Dabei kam dieser mit den Hinterpfoten so dicht an die äußere Feuerstelle, dass er aufjaulte und in den Wald zurückflüchtete.

Die Männer blieben wie angewurzelt stehen.

»Schnell, nimm eine neue Fackel!«, rief Tom.

»Glaubst du, er kommt zurück?«, wagte Forest kaum zu fragen.

Tom kannte die Antwort ebensowenig und richtete sein Gewehr vorsichtshalber auf die Stelle, an der der Wolf in den Wald verschwunden war. Hoffentlich kommen nicht noch mehr, dachte er voller Entsetzen und schaute gebannt in den Wald.

Minuten der Angst vergingen.

Das Geheul wurde leiser.

»Bist du okay?«, fragte Tom.

Forest wagte nicht sein Gewehr herunterzunehmen und schaute hektisch an seinem Körper rauf und runter, ob er wirklich unversehrt war.

»Ich glaub ja«, antwortete er völlig aufgelöst.

Tom ging zu ihm.

»Das war verdammt knapp, aber wenn der jetzt keine Verstärkung holt, ist alles überstanden. Alleine greift der bestimmt nicht mehr an.«

Forest konnten diese Worte nicht sehr beruhigen, doch langsam senkte er sein Gewehr.

Von weitem drang ein letztes Mal das Gebrüll der Bärin zu ihnen, die ihre Warnung in den Wald schickte.

Forest war wenigstens froh, sie von dem anderen Hügel aus zu hören und nicht damit rechnen zu müssen, dass sie im nächsten Moment vor ihnen stand.

»Ich glaube, jetzt wird es Zeit aus dieser Gegend zu verschwinden«, meinte Tom mit leiser Stimme. »Noch so eine Nacht ist nichts für meine Nerven. Jedenfalls gehen wir bei Tagesanbruch schleunigst fort von diesem Platz.«

»Ja, sobald es hell wird«, setzte Forest sichtlich benommen hinzu.

Die Zeit bis zur Morgendämmerung dauerte eine ganze Ewigkeit. Die Männer mussten wach bleiben, hellwach und aufpassen.

Forest ließ Wasser im Kessel heiß werden, goss einen starken Kaffee auf und dachte dabei unwillkürlich an das erste Auftauchen des Bären vor seiner Hütte, was er hier und jetzt nicht noch einmal erleben wollte. Hastig trank er einen großen Schluck. Tom war total erschöpft. Unter einer dicken Decke, dem wärmenden

Feuer und der sich allmählich einstellenden Gelöstheit, konnte er sich seiner Müdigkeit nicht länger entziehen und sackte immer tiefer in sich zusammen. Forest wollte ihn nicht wecken. Unaufhörlich schaute er zum Himmel und wartete verbissen auf die kleinste sich zeigende Helligkeit. Obwohl die Angst allmählich von ihm gewichen war, konnte er in dieser Nacht keine Ruhe finden. Zu furchterregend war diese Situation gewesen, die ihn, bei jedem Gedanken daran, erneut erzittern ließ.

Stunde um Stunde verging.

Tom schlief jetzt ganz fest.

Auf der gegenüberliegenden Seite schliefen sie schon lange nicht mehr, vor allen Dingen die Bärin nicht. Nur die Kleinen machten zeitweise kurze Nickerchen. Diese Nacht hatte auch sie verängstigt, da sie das Geheul der Wölfe noch nie so eindringlich gehört hatten.

Das Morgengrauen brach sehr langsam herein; es wurde von Forest fast „herein gebetet". Mit jedem Stückchen Helligkeit, das sich zeigte, wurde er ruhiger.

Die Wölfe hatte Forest nicht mehr gehört.

Die Bären auch nicht; die Hirsche erst recht nicht.

Tom machte die Augen auf, war zunächst irritiert, doch fest eingeschlafen zu sein, sah aber zu seiner Beruhigung Forest seelenruhig in seiner Nähe sitzen. Um den Schlaf nicht ganz zu verlieren, verschob er alle Gedanken an die vergangene Nacht auf einen späteren

Zeitpunkt. Dieser war bereits nach wenigen Minuten erreicht. Tom wollte Klarheit, ob wirklich alles in Ordnung war. Er sah einen erleichterten, aber todmüden Forest, der sich freute, dass die Lage ruhig und der Morgen endlich angebrochen war.

»Wie lange habe ich geschlafen?«

»Zwei oder drei Stunden.«

»Und du, warst du wach?«

»Ich hätte sowieso kein Auge zubekommen«, meinte Forest. »Hauptsache es wird endlich hell. Hier, nimm einen heißen Kaffee.«

Tom trank einen großen Schluck und war erleichtert, dass Forest den Rest der Nacht keine Laute mehr von den Wölfen gehört hatte. Für die Männer stand ohne Zweifel fest, auf den gegenüberliegenden Hügel zu wechseln und schneller als sonst hatten sie ihr Lager zusammengeräumt und alles verstaut. Forest hoffte insgeheim, die kleinen Bären aus der Ferne wiederzusehen.

»Was meinst du Tom«, fragte er während sie aufbrachen, »würde sich die Bärin wohl an meine Rettungsaktion erinnern, falls sie plötzlich aufkreuzen würde?«

»Na hoffentlich!«, erwiderte Tom zweifelnd, mochte aber an ein Zusammentreffen nicht einmal denken. So ging er ein wenig geräuschvoller als sonst durch den Wald und klatschte ab und zu laut in die Hände.

Unten am Fluss durchstöberten sie ihr zusammengebrochenes Versteck nach der Kamera und fanden sie wenig später. Während Tom die Gegend beobachtete, ging Forest, da kein Bär zu sehen war, zum Ufer und füllte die Wasserflasche. Er wagte es nicht einmal seinen Rucksack abzusetzen und sah unermüdlich nach rechts und links. Tom hatte ihn einen Moment lang mit den Fernglas im Blickfeld, beobachtete aber lieber den anderen Hügel Stück für Stück.

Tom hielt inne, versuchte das Bild schärfer zu stellen.

»Forest komm!«, rief er ihm zu. Da oben sind sie.«

»Wer ...? Die Wölfe?«

Forest verlor vor lauter Schreck fast sein Gleichgewicht und der Rucksack zog ihn nach hinten.

»Nein! Die Bären. Komm, sieh dir das an!«

Mit einem kräftigen Satz stürzte Forest auf, griff rasch nach der Wasserflasche und rannte zu Tom auf die Anhöhe.

»Wo, wo sind sie?«, fragte er außer Atem und zerrte an dem Fernglas.

»Hey! So schnell laufen sie schon nicht weg. Wahrscheinlich kommen sie gleich zum Fischen hierher«, meinte Tom und deutete auf die Bären.

Forest schaute gespannt.

Die Bärenjungen purzelten mehr den Berg hinunter, als dass sie liefen. Hier lag noch eine dichte Schneedecke und es machte den Kleinen immer wieder Spaß hineinzubeißen. Übermütig schüttelten sie die weiße Masse von ihren Köpfen und schauten zur Bärenmutter, um sich nicht zu weit zu entfernen. In ihrer Begleitung waren sie unbekümmert und konnten alles um sich herum in Ruhe untersuchen. Die Bärin folgte den Kleinen nicht ohne die nötige Aufmerksamkeit. Schließlich konnte jederzeit etwas Unvorhergesehenes passieren und deshalb durften sie sich nicht zu weit von ihr entfernen.

Tom sah plötzlich, auch ohne Fernglas, wieder einen Hirschen und zeigte ihn Forest.

»Der bekommt bestimmt gleich eins übergebraten von der Bärin, wenn er nicht abhaut!«

Forest schwenkte von einer Stelle zur anderen.

»Gleich geht's los!«, freute sich Tom, als wenn er ein riesen Schauspiel erwarten würde. Tatsächlich rannte der Hirsch in die Richtung der Bären, die ihn offenbar noch nicht entdeckt oder gewittert hatten.

»Jetzt muss er doch dran glauben«, meinte Forest. »Das ist bestimmt der von heute Nacht. Er kann jedenfalls auch nicht vernünftig laufen.«

Tom nahm das Fernglas, um zu sehen, ob Forest nicht fantasierte. Tatsächlich zog der Hirsch ein Bein nach und blieb in Abständen stehen.

Die Bärenmutter hatte Witterung aufgenommen und rief sichtlich nervös die Jungen zu sich. Die Kleinen hörten nicht sofort und wurden ein zweites Mal streng angeknurrt. Ihr Ruf drang natürlich auch zu dem Hirschen, der daraufhin schnell umdrehte und ständig die Richtung wechselte. Die Bärin stand inzwischen auf ihren Hinterbeinen, während der Hirsch panikartig wegrannte, allein von dem Gebrüll genügend eingeschüchtert. Es war unwahrscheinlich, dass die Bärin ihn verfolgen würde, da sie die Kleinen zurücklassen müsste und das Tempo zu viel Energie kosten würde. Allerdings war der Hirsch angeschlagen und konnte so zu einer raschen Beute werden. Seine Geschwindigkeit reichte jedoch aus, um den Abstand schnell genug zu vergrößern und die Bärenfamilie setzte kurze Zeit später unbeirrt ihren Weg zum Fluss fort.

Die Männer achteten darauf, sie im großen Bogen zu umgehen, damit die Bärin nicht ihre Witterung aufnehmen würde und liefen zügig ein Stück weiter den Berg hinauf.

Tom wunderte es nicht, dass Forest das Bedürfnis hatte hier ein Weilchen zu bleiben und die Tiere von oben zu filmen. Nicht ungelegen setzte er den Rucksack ab und suchte sich ein sonniges Plätzchen, um ein wenig zu ruhen. Bestimmt hätte er auch schlafen können, wenn Forest nicht alles und jedes hätte kommentieren müssen. Nicht, dass es ihn allzu sehr genervt hätte, Forest wiederholte sich nur andauernd. Oft nur mit der Veränderung, es handele sich wieder mal um einen anderen Fisch oder eine andere Fangtechnik der Bärin. Dass die Bärenmutter mit Ausdauer fischte, war nach

Toms Ansicht ja verständlich, dass Forest sie mit der gleichen Ausdauer dabei beobachtete, weniger. In der Tat richtete Forest sein Fernglas öfter auf die jungen Bärchen. Zu Forests Beruhigung saßen sie nicht mehr so dicht am Ufer. Dafür richtete sich deren Neugier auf die Bäume dicht hinter ihnen. Das eine begann sich mit Vergnügen seinen Rücken am Stamm zu reiben, während das andere geschickt den Baum hochkletterte. Die Laute der Bärenmutter brachten ihn jedoch dazu, wieder herunterzurutschen. Schließlich sollten sich die beiden auch für das Fischen interessieren.

Toms Interesse galt ausschließlich den wärmenden Sonnenstrahlen, die sich auf seinem Gesicht breit gemacht hatten und die er sichtlich genoss.

Forest hielt das sogleich mit der Kamera fest.

»Haaallooo!«

Tom blinzelte, sah im Gegenlicht nur die Statur seines Freundes, versuchte beide Augen zu öffnen, wobei er eine Hand gegen die Sonne hielt und schaute nun auf einen, von hundert Farbringen umgebenen Forest, mit einer, von hundert Farbringen umgebenen Kamera, die auf ihn gerichtet war.

»Das reicht!« Tom raffte sich auf.

Forest hörte auf zu filmen.

»Und, was ist jetzt mit den Bären? Hast du genug gefilmt?«

Forest drehte sich um und sah die Bärenfamilie flussabwärts ziehen und schlug vor, sich auch auf den Weg zu machen.

»Dass du so wach bist«, wunderte sich Tom. »Du hast doch auch kaum geschlafen.«

»In dieser Gegend könnte ich jetzt kein Auge zumachen. Außerdem habe ich so viel Kaffee intus, der hält mich noch eine Weile wach.«

Forest schien im Moment die größere Energie zu haben und ging voraus. Tom öffnete eine Coladose und lief nicht mehr ganz so schnell wie am Anfang. An seiner Verletzung am Bein lag es nicht. Die spürte er fast gar nicht mehr. Manchmal, wenn Forest sich nach ihm umdrehte, zog er sein Bein ein wenig nach. Genau genommen war er nur müde.

»Hast du den Rückweg eigentlich im Kopf?«, erkundigte sich Forest, weil er in Toms Händen schon lange keine Karte mehr gesehen hatte.

»Was denkst du denn. Natürlich!«

»Ich meine ja nur, weil du nach der Bärenjagd auch nicht mehr so genau wusstest …«

»Unsinn!«, fuhr Tom energisch dazwischen,

»… wo es lang ging.« Forest ließ sich ungern unterbrechen, schon gar nicht, wenn seine Bemerkung Wirkung zeigte.

»Kein Wunder, da sind wir auch vorher panikartig davongelaufen«, entgegnete Tom. »Aber DU musst gerade was sagen, bei deiner Orientierungslosigkeit. Und wie du gegen den Baum gelauf ... hä, hä, ... en bist«, amüsierte er sich.

»Vergiss es«, zischte Forest.

Toms Stimme klang hingegen viel besorgter, als er den eingebeulten Proviant Rucksack bemerkte. »Mal etwas anderes. Haben wir eigentlich genug zu essen? Außer den Dosen mit den Bohnen, meine ich.«

»Die große Auswahl ist natürlich nicht mehr da, so wie du anfangs reingehauen hast!«

Toms Sorgenfalten verdoppelten sich. »Sag schon, was ist noch da?«

»Etwas.«

»Etwas?«

Tom wurde langsam ungeduldig und schlug, keine fünf Minuten später, eine kurze Pause vor. Forest, selber geschafft, überlegte nicht lange und sank bei der erstbesten Gelegenheit samt dem Rucksack zu Boden. Tom quetschte sich zwischen zwei größere Steine, zog den Rucksack zu sich und inspizierte die Essensvorräte. Er musste schon etwas tiefer wühlen, was ihm tatsächlich Sorgen bereitete.

»Die restlichen Bierdosen werden jetzt genaustens eingeteilt«, erklärte er.

»Ich verstehe«, sagte Forest, »ab jetzt soll ich wohl nur Tee trinken.«

Tom schaute mit einem breiten Grinsen auf.

»GUUUTE IDEE!«

Forest legte das Gewehr in Reichweite und beobachtete skeptisch, was Tom sich aus dem Rucksack holte. Wenig später bekam er etwas Brot zugeschoben. Toms eigene Zuteilung schien reichhaltiger ausgefallen zu sein. Bei ihm zischte eine Bierdose, außerdem hatte er das größere Stück Brot und ein Paar Würstchen in der Hand.

»Schmeckt's?«

»Prima!«, entgegnete Tom

»Aber denk dran, wir sind noch nicht in der Nähe der Hütte!«, warnte Forest.

Zögernd schob Tom das Proviant herüber, machte es sich auf seinem Rucksack zwischen den großen Steinen gemütlich und schloss die Augen.

Forest aß die letzten Würstchen, verstaute den Rest der Vorräte und lehnte sich zurück. Hier hatte er einen herrlichen Blick über die Schlucht, den seine müden Augen nicht mehr allzu lange wahrnahmen und wie von selbst zufielen. Nur, wenn in seinen Gedanken die Szenen der vergangenen Nacht auftauchten, zuckte Forest heftig zusammen und riss die Augen für einen Moment auf.

Diesmal waren es allerdings undefinierbare Geräusche, die Forest aus dem Schlaf holten.

So ging es Minute für Minute.

Aufwachen.

Einnicken.

Aufwachen.

Einnicken.

Die Schlafenszeit verlängerte sich. Sein Verstand jedoch schickte ihn ständig in die Realität zurück, da ihn irgendein Piepsen quälte. Forest öffnete seine Augen etwas und ein deutliches Geraschel riss ihn endgültig aus dem Schlaf. Vollkommen verwirrt, aber schlagartig hellwach, schaute er hastig um sich. Was war passiert? Hatte er sich alles nur eingebildet? Sekunden vergingen. Zeit genug, um sich bewusst zu werden, dass Tom schlief und sie sich in einiger Entfernung zum Fluss befanden. Forest schaute umher, lehnte sich aber erleichtert zurück, da er nichts Ungewöhnliches entdeckt hatte. Plötzlich huschte etwas Dunkles in seine Richtung. Forest konnte nichts erkennen. Dafür aber hören.

»Das darf doch nicht wahr sein«, flüsterte er.

Forest kannte dieses Piepsen.

Und er kannte dieses kräftige Knurren.

Und es machte ihm Angst.

Vor ihm, hinter dem Gestrüpp, saß etwas Kleines. Das müssen die kleinen Bären sein, dachte Forest. Kurz darauf sausten sie an ihm vorbei hinter ein anderes Gebüsch. Forest fühlte sich verfolgt. Einerseits freute er sich, andererseits trieb es ihm den Schweiß auf die Stirn, da die Bärin mit Sicherheit in der Nähe war. Jedenfalls hatte er irgendetwas knurren gehört. Vielleicht sind die Kleinen ausgerissen, redete er sich ein, obwohl er selber nicht daran glaubte.

Doch was jetzt?

»Tom, wach auf!«, rief er leise hinüber.

Davon wachte Tom natürlich nicht auf. Bei Forest reichte allein die Vorstellung die Bärin würde auftauchen, um ständig neue Adrenalinstöße zu bekommen. Forest warf einen kleinen Stein in die Richtung der Bärchen, damit sie vielleicht aus ihrem Versteck herausliefen. Im Gegenteil. Der Stein weckte sogar kurz ihr Interesse.

Zwei, drei kleinere folgten.

Die kleinen Kerle blieben.

»Haut ab!«, rief er ihnen zu.

Sie rührten sich nicht, sondern blieben dicht zusammen sitzen.

Forest erschrak.

Er hatte die Bärin in einiger Entfernung gesehen.

Unbemerkt hatte diese sich angeschlichen und zunächst von weitem alles beobachtet, da für die Kleinen keine direkte Gefahr bestand.

Forest bewegte sich nicht. Mit geöffnetem Mund und aufgerissenen Augen saß er stumm da. Das Einzige, was zu explodieren schien, war sein Kopf, durch den jetzt unzählige Befehle schossen. Alle an ihn gerichtet. Forest war absolut unfähig, auf nur einen irgendwie näher einzugehen. Er atmete ganz heftig. Bloß ruhig bleiben, redete er sich immer wieder ein und rutschte allmählich zu Tom hinüber, um vielleicht genauso hinter dem großen Stein zu verschwinden.

Die Bärin ließ Forest nicht aus den Augen. Sie bewegte sich kaum. Einzig und allein das halb geöffnete Maul zeigte ihren Stress an.

Forest hantierte ungeschickt in Richtung Gewehr und zog es langsam zu sich heran, traute sich aber nicht es hochzunehmen.

»HARR, RA, HARR, HARR«, fing die Bärin leise zu knurren an.

»Tom, Tom!«, rief Forest voller Angst.

Er drückte sich an seinen Rucksack. Vorsichtig streckte er sich weiter zu Tom und versuchte ihn wachzurütteln. Dieser murmelte nur ein paar unverständliche Worte und Forest schüttelte ihn kräftiger. Tom sackte daraufhin mehr und mehr zwischen Rucksack und Felsen, sodass die Bärin ihn wahrscheinlich nicht mehr sehen konnte. Je mehr Forest versuchte das Gewehr in die Hand zu nehmen, umso stärker wurde das Knurren. Forest versuchte noch einmal, es fester zu umgreifen, konnte es aber nicht. Die Kontrolle über sich verlief nicht so einwandfrei, wie sie hätte funktionieren müssen. Verzweifelt starrte er auf seine zittrige Hand und das mit ihr zitternde Gewehr. Forest machte den Eindruck, als wenn er auf der Stelle dahinschmelzen würde.

Die Rufe der Bärin wurden lauter.

Forest legte das Gewehr beiseite und hoffte wie nie zuvor, dass sie sich doch an ihn und an die Rettungsaktion ihres kleinen Bären erinnern möge.

In dem Moment riss Tom die Augen auf.

Gebannt richtete er seinen Blick auf Forest, der unbeweglich vor ihm saß und keinerlei Erklärung dafür abgab.

Das brauchte er auch nicht mehr.

Unüberhörbar waren die Laute der Bärin. Sehen konnte Tom sie nicht, da er zu weit hinter dem großen Stein lag. Schnell versuchte er an sein Gewehr zu kommen. Ohne zu zögern riss er es an sich.

»Nein!«, schrie Forest und drückte das Gewehr herunter.

»Verdammt, was soll das? Lass los!«, brüllte Tom.

Die Warnrufe der Bärin wurden lauter.

»Kapier doch! Wenn wir ruhig bleiben, dann greift sie uns nicht an«, keuchte Forest.

Tom nahm trotz lauter Unverständnis das Gewehr herunter, behielt es aber in der Hand. Er drehte sich langsam um den Stein nach vorne und sah die mächtige Bärin, die jetzt beängstigend nah vor ihnen stand. Erschrocken wich er zurück.

Die Bärin bewegte sich unruhig hin und her. Sie hörte das »WAFF, WAFF, WAFF« ihrer Jungen, die hinter dem Gebüsch blieben, sich aber ständig bemerkbar machten.

Jetzt sah auch Tom die kleinen Bären.

»Herrje, die trauen sich bestimmt nicht hinüber zu laufen«, flüsterte er, »wir müssen zusehen, dass wir weiter nach hinten verschwinden.«

Langsam bewegten sich die Männer rückwärts.

»Sag was zu der Bärin.«

Forest schaute entgeistert zu Tom.

»Los!«

»Ich bin's … Forest … Ich … ich habe dein Junges gerettet … da unten im Fluss … Wir wollen dir nichts tun … wir sind deine Freunde!«

»Mach einfach weiter«, ermahnte ihn Tom, »erzähl was du willst, aber sprich langsam und laut!«

Die Bärin kam ihnen nach.

Ihr langgezogenes »HAAARRRR« und die heftigen Kopfbewegungen erschütterten Forest so sehr, dass er kein Wort mehr herausbekam und es ihn in die Knie zwang. Tom stand noch aufrecht. Er schaute auf das Gewehr in seiner Hand, wagte aber nicht, es auf die Bärin zu richten. Tom ließ es fallen.

Die Bärin machte keine Anzeichen näherzukommen und ihr »HAAARRRR« war mit einem Male leiser und wohlwollender.

In diesen Augenblick schossen die Kleinen aus dem Gebüsch und stürzten zur Bärenmutter. Ihr aufgeregtes Piepsen lenkte das Interesse der Bärin verstärkt auf sie, während Tom und Forest sich noch näher an ein Gebüsch drückten, um ganz aus dem Blickfeld zu verschwinden. Dort blieben sie regungslos hocken. Nur nicht die Nerven verlieren, beruhigte sich Forest. Dabei bemerkte er gar nicht, dass die Warnrufe der Bärin allmählich verstummten und sie sich ausschließlich um die Kleinen kümmerte.

Tom konnte es kaum fassen. »Sie hat sich beruhigt.« Er atmete kräftig durch, wagte allerdings nicht, voreilig aus ihrer Deckung zu kommen.

»Ich glaube, sie lässt uns in Ruhe«, flüsterte er Forest zu. »Sie ziehen ab ... tatsächlich!«

Forest war mit den Nerven am Ende, versuchte aber irgendwie sich zu entkrampfen.

»Verflucht, das war knapp!« Tom schüttelte fassungslos den Kopf.

»Ich glaube, die Bärin hat sich an meine Rettungsaktion von dem Kleinen erinnert«, sagte Forest zögernd, mit einem ersten Anzeichen eines noch schweißtreibenden Lächelns und fügte wenig später mit glänzenden Augen hinzu: »Bestimmt! Das hat sie nicht vergessen!«

»Meinetwegen«, sagte Tom noch vollkommen entgeistert. »Hauptsache, es ist überstanden!«

Die Bärin brachte die Kleinen in Sicherheit. Schnell hatten sie den oberen Hügel erreicht, blieben stehen und drehten sich nochmals um.

Wie zwei Bestrafte hockten Tom und Forest dort unten, aber zunehmend erleichtert. Forest nahm das

Fernglas und hielt nach den Bären Ausschau und glaubte wenig später, sie auf einer Anhöhe kurz gesehen zu haben. Ein kleines Lächeln breitete sich langsam auf seinem Gesicht aus; stolz auf das, was er mit diesen Bären erlebt hatte. Im Moment war er aber noch total durcheinander. Bei ihm gingen viel zu viele Gedanken im Kopf herum. Ab und zu hatte er sogar einen Anflug von Dankbarkeit.

»Sehen wir zu, dass wir aus diesem Gebiet verschwinden«, sagte Tom ernst. »Sonst kommen die Bären bestimmt wieder zurück.«

Forest sackte gleich beim ersten Versuch aufzustehen wieder zusammen. Seine Kräfte schienen irgendwie abhanden gekommen zu sein und Tom griff ihm kurzerhand unter die Arme. Zurück an ihrem Rastplatz stützte er Forest nochmal, als er ihm den Rucksack auflud und beide schlichen ohne viel Worte davon. In die andere Richtung.

Tom zog das Tempo an. Noch am Morgen hätte er nicht gedacht, heute eine so weite Strecke zurückzulegen, allein von der Furcht getrieben. Forest jedenfalls trieb ihn nicht, er bemühte sich nur Schritt zu halten. Tom lief und lief, sodass Forest ihn erst einmal zurückrufen und zu einem Halt überreden musste. Beide sanken total erschöpft nieder.

»Jetzt sind wir weit genug weg«, meinte Tom völlig außer Atem.

»Ganz bestimmt! Bei dem Tempo, was du vorgelegt hast.«

Tom hatte von der Aufregung und dem Marsch großen Hunger bekommen und schob sich das erste Stück Brot, was ihm beim Durchsuchen des Rucksackes in die Hände fiel, hastig in den Mund.

»Hey, hey, lass mir auch etwas übrig!«, protestierte Forest und zog den Rucksack näher zu sich herüber.

»Wie weit sollen wir heute überhaupt laufen? Bis zur Hütte schaffen wir es bestimmt nicht mehr. Weißt du auch nur ansatzweise wo wir sind?«

»Ich schaue nachher auf die Karte«, meinte Tom. Jedenfalls ließ er keinen Zweifel daran, dass es bestimmt nicht mehr weit sein dürfte.

Beide hätten etwas darum gegeben, jetzt in ihrer Hütte zu sitzen, die sie aber heute Nacht mit Sicherheit nicht mehr erreichen würden.

»Eins steht jedenfalls fest«, kündigte Forest an, »heute Abend gibt es die letzten Bohnen, ob du willst oder nicht.«

»Ja, ja, schon gut«, meinte Tom etwas geistesabwesend, da er sich im Moment ernsthaft vorzustellen versuchte, wo genau sie überhaupt waren. Auf der heutigen Strecke hatte er sich nicht auch nur einen Gedanken darüber gemacht und selbst wenn, war er jetzt vollständig verschwunden. Ganz verkehrt kann die Richtung doch nicht sein, redete er sich ein.

Den Kompass und die Karte hatte Tom lange nicht mehr in den Händen gehabt und er überlegte krampfhaft, wo er beides hingesteckt hatte, ohne alles durchzuwühlen. Forest kam Toms Ruhe etwas seltsam vor und es dauerte nicht lange, bis er sich nach ihrer Position erkundigte, aber keine Antwort erhielt. Tom blieb nichts anderes übrig, als ihre Rucksäcke durchzusuchen. Die Karte flog alsbald nach draußen und der Rest wurde so schnell wie möglich wieder eingeräumt. Der zweite Rucksack musste auch dran glauben. Tom wühlte alles durch, ohne Erfolg, und durchstöberte bald auch sämtliche Taschen und Innentaschen seiner Jacke. Dabei fand er ein paar Dollarscheine, die eine kurze Mimik bei ihm auslösten, da sie mit Sicherheit schon einen Winter lang dort verborgen lagen. Tom steckte die Scheine in seine Hosentasche, da er seine Brieftasche nicht gleich finden konnte, die er wahrscheinlich gar nicht mitgenommen hatte und alles allmählich an seinen Nerven zerrte. Er griff in eine weitere kleinere Innentasche und zog nicht nur verwundert einen Geldbeutel, sondern auch den Kompass hervor.

Forest, der eigentlich nichts mitbekommen sollte, hatte das Ganze nur kopfschüttelnd verfolgt und ließ Tom ohne Kommentar die Karte studieren. Tom sagte schlussendlich, dass jetzt alles klar sei.

»Ist das alles?«

»Ja, wir können aufbrechen. Ein kleines Stück laufen

wir noch, dann ist es morgen nicht mehr so weit.«

Forest begnügte sich vorerst mit diesen Angaben.

»Aber eins sage ich dir«, fügte Tom lediglich hinzu, »lange gehe ich heute nicht mehr und schon gar nicht so schnell.«

Eine halbe Stunde liefen sie noch.

Forest achtete verstärkt darauf, ob ihm an dieser Gegend einiges bekannt vorkam. Irgendwie, fand er, war er hier überall schon herumgelaufen.

»Warte mal Tom. Schau da drüben!« Forest deutete auf einen freien Platz. »Dort können wir doch unser Zelt aufstellen.«

Tom kramte sogleich seine Karte hervor und deutete auf einen Abschnitt, von dem er annahm, es wäre dieser hier.

»Jedenfalls ist der Platz übersichtlich«, sagte er nur kurz, was für Forest bedeutete, seinen Rucksack abzulegen.

»Dann werden wir heute bestimmt eine ruhige Nacht haben«, fügte Tom hinzu und beruhigte sich damit selber. Kein Wolf verirrt sich wohl in diese Gegend, dachte er und Bären sind längst in die Flusstäler gezogen, in denen es jetzt mehr Nahrung gibt.

Vollkommen erschöpft errichteten beide am späten Nachmittag ihr Lager.

Forest war beim Brennholz sammeln mal wieder allein, da Tom gemeint hatte, die paar Hölzer, die er aufgelesen hatte, würden für das Feuer reichen. Für eins ja, dachte Forest, trug aber zur Sicherheit Holz für mehrere Feuerstellen zusammen, damit es um ihn herum möglichst hell erleuchtet war. Tom lag unterdessen auf seinem Schlafsack und kämpfte gegen die Müdigkeit an, um nicht vor dem Essen einzuschlafen. Schließlich wollte er unter keinen Umständen eine warme Mahlzeit verpassen. Womöglich das Letzte, was ihr Rucksack überhaupt hergab. Forest hantierte ungeschickt mit der tatsächlich letzten Dose herum, es dauerte aber nicht sehr lange, bis der Duft aus der heißen Pfanne in Toms Nase zog.

»Das Aufregendste haben wir jetzt wohl hinter uns«, meinte Forest und löffelte eifrig seine Bohnen.

»Aber das wäre auch gut so«, bemerkte Tom knapp.

Je mehr die Sonne abtauchte und die Dämmerung hinter den Bergen hervorkroch, desto stärker nebelte die Müdigkeit die Männer ein. Den Kampf gegen ihre immer schwerer werdenden Augenlider verloren sie zusehends. Tom als erster. Er war schnell, ohne einen Muckser, im Zelt verschwunden.

Forest saß am Feuer, legte Holz nach und goss Wasser für den Tee in den Kessel. Es wunderte ihn, trotz seiner Übermüdung nicht auf der Stelle einzuschlafen, wahrscheinlich, weil das abendliche Farbenspiel am Himmel ihn faszinierte. Ob Tom noch einmal aus dem

Zelt herauskommen würde, war fraglich. Aber Forest beschäftigte das im Moment wenig. Er fühlte sich nicht ängstlich, sondern eher erschöpft und zufrieden, diese Tour heil überstanden zu haben, wenngleich sie noch nicht zu Ende war. Eigentlich schade, dachte er, die kleinen Bären nicht mehr wiederzusehen. So eine hautnahe Begegnung wird es wohl nicht mehr geben. Ein Lächeln breitete sich auf seinem Gesicht aus, als er daran dachte, mit dem kleinen Wollknäuel im Fluss herumgehüpft zu sein.

Das Wasser dampfte.

Forest goss sich einen heißen Tee auf und stellte sich die Begegnungen mit den Bären noch einmal vor. Dass allein das Erscheinen der Männer Stress für eine Bärin mit zwei Jungen bedeutete, verstand er jetzt besser. Dennoch hat sie uns nie ohne Grund angegriffen, dachte Forest. Ihm wurde klar, dass es zur Verfolgungsjagd nicht hätte kommen müssen, wenn er sich nicht so dicht an die Jungen herangeschlichen hätte und beim Auftauchen der Bärin in Panik davonlaufen wäre, wobei er die Jungen auch noch vor sich hergetrieben hatte ... In entsprechender Entfernung hätte die Bärin uns bestimmt in Ruhe gelassen und geduldet. Forest schlürfte nachdenklich den heißen Tee, wobei ihm einfiel, vorsichtshalber den kläglichen Rest des Proviantes im Rucksack zu verstauen und an einem Baum hochzuziehen, wozu er sich ein letztes Mal aufraffte.

Die Sonne zeigte für ein paar Minuten am Horizont ihr goldgelbes Licht und Forest nahm sogleich seine Kamera zur Hand. Ein paar Hirsche tauchten von Ferne auf einer Lichtung auf und zogen ruhig ihre Runden.

Forest schwenkte weiter.

Stoppte.

Durch mehrfaches Zoomen versuchte er die Silhouetten, die er jetzt zu erkennen glaubte, näher heranzuholen. Am liebsten hätte er Tom geweckt, wollte aber das, was er gesehen hatte, unter keinen Umständen aus dem Sucher verlieren.

Oben auf dem Berg vor der untergehenden Sonne saß die Bärenfamilie.

Forest konnte es kaum fassen. Er hatte das Gefühl, als könnten sie ihn sehen. Ganz ruhig saßen sie da und schauten in seine Richtung und dann hinab ins Tal, wobei die untergehende Sonne ihr Fell goldgelb schimmern ließ.

Eine ganze Weile blieb die Bärenfamilie dort, bis die Sonne ganz hinter dem Berg verschwunden war.

Das »HAARRR« der Bärin tauchte in das Tal ein und hallte kurze Zeit nach.

Dann zogen sie weiter.

Forest war nur noch müde, aber selig. Sorgfältig verstaute er seine Kamera, bevor er sich schlafen legte.

Donnerstag, 7 Uhr morgens

Forests innere Uhr holte ihn, wie meistens, ziemlich früh aus dem Schlaf. Lange und tief hatte er geschlafen. Tom anscheinend genauso, nur mit einem Unterschied; er tat es noch immer. Forest stellte zufrieden fest, dass es ihnen beiden gut ging und sie die Nacht ohne Eindringlinge überstanden hatten.

Sichtlich erleichtert, aber dennoch mit der nötigen Vorsicht, tastete Forest sich nach draußen vor. Dabei musste er unwillkürlich an die kleinen Bärenjungen denken. Nie würde er diese erste Begegnung mit ihnen vergessen, als sich eine warme Bärenschnute dicht an seine Nase gedrückt hatte. Sogleich wanderte sein Blick hinauf auf den Berg, auf dem er die Bären in der Abendsonne hatte sitzen sehen.

Zu seiner Verwunderung streckte Tom kurz darauf seinen Kopf nach draußen, zog ihn allerdings schnell wieder zurück.

»He, ich hab dich schon gesehen. Bleib da! Ich muss dir was erzählen.«

Tom kam tatsächlich einige Minuten später ein wenig neugierig aus dem Zelt gekrochen. Müde schaute er sich nach der Sonne und einem starken Kaffee um. Wenig später war beides in Sicht und ließ ihn erst richtig wach werden.

»Was sagst du da? Die Bären saßen oben auf dem Berg? Mensch, warum hast du mich nicht geweckt?«

»Bis ich dich wach bekommen hätte, wären sie bestimmt fort gewesen. Aber dafür habe ich sie gefilmt.«

»Na, da bin ich gespannt!«

»Das will ich auch meinen«, sagte Forest und hatte den Eindruck, es ärgerte Tom, diesen Anblick verpasst zu haben.

»Hier, willst du noch Kaffee?«

»Schließlich hätten wir das alles nicht erlebt«, meinte Tom und hielt ihm die Tasse entgegen, »wenn ich nicht auf diese Tour bestanden hätte. Allerdings hätte ich auf einige Situationen wirklich verzichten können; wenn ich an die Wölfe denke ...«, meinte Tom und verzog leicht sein Gesicht, »... und meine Wunde von dem großen Bären wird wohl eine ganze Weile zu sehen sein. Das Gebrüll dröhnt mir heute noch in den Ohren.«

»Ist doch keine schlechte Erinnerung, so eine KAMPFwunde.«

»So habe ich das noch gar nicht gesehen.« Vielleicht doch nicht übel, überlegte sich Tom im Hinblick auf seine Freunde.

»Hier, unser letztes Brot.«

»Hey Forest, das sehe ich jetzt erst, du hast wieder deinen grellen Pullover an. Dann musst du dir ja ziemlich sicher sein, dass hier kein Bär mehr aufkreuzt.«

Tom konnte über diesen Pullover immer aufs Neue lästern. »Vielleicht hättest du damit im Schein des Feuers gar die Wölfe abgeschreckt ...; aber das wäre wohl zu unwahrscheinlich gewesen.«

Forest ließ sich nicht weiter beirren und räumte alles zusammen. »Komm, lass uns aufbrechen, damit wir heute wirklich bis zur Hütte kommen«, sagte er. »Wenn wir uns jetzt noch verlaufen, verzeihe ich dir das nie.«

»Versprechen kann ich das natürlich nicht«, meinte Tom, »aber frag mich mal, so weit wie auf dieser Tour bin ich seit langem nicht mehr gelaufen.«

Tom warf zur Sicherheit einen Blick auf die Karte, dann zogen sie los.

Forest musste wieder mal zusehen, bei dem schnellen Schritt von Tom mitzuhalten, der auf Grund seines leichten Gepäcks ein zügiges Tempo vorgab.

»Hey Tom! Wenn du so weiter rennst, läufst du noch zu weit.«

»Keine Angst, meinen Jeep übersehe ich nicht.«

Die Sonne hatte auch in dieser Gegend den Schnee mehr und mehr in die Berge zurückgedrängt. Forest deutete auf alles, was ihm nur im geringsten bekannt vorkam. Irgendwann auch auf SEINEN See.

»Wow, wir haben es geschafft!«, rief er sichtlich erleichtert, ihn endlich zu sehen, auch ohne je einen Fisch darin gefangen zu haben.

Selbst Tom konnte diesem Tümpel, wie er ihn immer nannte, in diesem Augenblick etwas Gutes abgewinnen und hätte nie gedacht, sich bei seinem Anblick einmal so zu freuen.

»Durch die Schneeschmelze hat er ganz schön zugelegt«, meinte Forest. »Aber spring nicht gleich hinein!«

Tom rannte tatsächlich los. Aber nicht zum See, sondern zu seinem Jeep. Prüfend wanderte sein Blick rauf und runter. Kurz startete er den Motor und kam mit einem »okay« wieder aus dem Wagen heraus.

»Hilf mir lieber!«, rief Forest, der sich abmühte, die Balken von den Fenstern loszubekommen.

Nach dieser letzten Kraftanstrengung betraten beide die Hütte, legten die Rucksäcke ab und ließen sich geschafft in die Sessel fallen.

»Forest, eins ist sicher, das war die aufregendste Tour, die wir je unternommen haben. Ich kann es immer noch nicht fassen. Wenn uns vorher jemand erzählt hätte, dass sie so verläuft, wären wir mit Sicherheit nicht losgezogen.«

»Das kannst du laut sagen.«

»Ich bin gespannt auf deine Filme, aber hoffentlich hast du nicht nur friedliche Bären aufgenommen«, meinte Tom nachdenklich. »Wer würde mir dann meine Kampfwunde abnehmen?«

»Wart's ab … Schade nur, dass ich dich nicht bei deinem Fischfangversuch gefilmt habe.«

»Was«, rief Tom erschrocken, »das hätte gerade noch gefehlt.«

»Ich hol uns was zu trinken.«

Wenig später zischten zwei Bierdosen.

Beide prosteten sich überglücklich zu und ein Erfolgsgefühl machte sich auf ihren Gesichtern breit und vertrieb so langsam die Schrecken der vergangenen Tage. Nur einen Punkt gab es für Forest, der ihn außerdem fesselte. Die Idee von einem eigenen Lokal ist vielleicht gar nicht so schlecht, dachte er. Somit wäre ich nicht so weit von den Bären entfernt und könnte jederzeit auf eine neue Tour gehen. Besser vorbereitet natürlich. Nicht nur mit der Ausrüstung, sondern vielmehr mit dem nötigen Wissen über Bären und ihr Verhalten.

Oder ganz einfach, mit dem nötigen Respekt.

Und er wusste, er würde sie nie vergessen.

Komme, was wolle!